諸神的差使

3

目錄

諸神的差使

淺葉なつ

主要登場人物

萩原良彥

本作的主角，二十四歲的打工族。因緣際會之下，他被任命為聽候神明吩咐辦事的「差使（代理）」，但他對於日本神話的知識近乎於零。有著見人有難便無法袖手旁觀的濫好人性格。

黃金

掌管方位吉凶的方位神，外表是隻狐狸，在情非得已的狀況之下成為良彥的監督者。酷愛甜食，對於甜食以外的人類食物也是興趣濃厚。

藤波孝太郎

良彥的老朋友，大主神社的權禰宜。外貌一表人才，總是笑臉迎人，但其實是個超級現實主義者。

吉田穗乃香

孝太郎的奉職地點大主神社的宮司之女。擁有「天眼」，能看見神明、精靈及靈魂等等，與泣澤女神是朋友。

說書

為神者，好正直之事，亦好清淨之事。
是以拜神應先端正己心，清淨己身，
心無旁騖，虔誠拜禱，方為真信徒。

吉田松陰 予其妹兒玉千代家書

「神道」和其他聞名全球的宗教不同，沒有體系化的教義。這是因為古代的日本人認為，出言主張或議論關於神明之事是種踰越神明意志的行為，懷著「不妄語」的思想生活之故。

然而，在這樣的神道之中仍有兩項重要的德目，就是「正直」和「清淨」。淨身和淨化儀式都被視為重要的活動，而侍奉神明的人則被要求要有一顆明淨正直的心。這一點在神明委任皇位繼承的宣詔之中也曾提及。

「正直和清淨啊……」

當時正下著雨。

滋潤大地的甘露，一滴又一滴從帶著憂鬱之色的雲層間掉落。落下的雨水沿著屋頂滑落，化為屋簷的水滴，在下方展開鮮豔葉片的大吳風草上彈跳。雀躍的青蛙心滿意足地叫了一聲，在濕漉漉的地面上跳開了。一名少年在為香客而設的休憩所裡望著這片風景避雨。他的輕喃聲混在雨聲裡。

「這也適用於差使嗎？」

我看著少年那張遺傳自母親的端正臉龐，點頭肯定。平時我常提起的那位前任差使，也是符合這種條件的凡人——即使他是個對神明毫無敬畏之意、說話又無禮的毛頭小子亦然。

「我懂了，不過我覺得擔子好重。」

少年苦笑似地嘆一口氣，從他的脖子上冒出的綠色緒帶與他手上的宣之言書相連。身為現任差使的他也被要求「正直」與「清淨」這兩個條件。

「不過，我想重要的應該是努力做到的心意吧。」

雨勢逐漸轉弱，不久後天空便放晴，如珍珠般明亮的天空從雲層間露出來。宮司走出社務所，在潮濕的地面上滑了一大跤。少年見狀，百般無奈地站起來。

「明朗、純淨、公正、剛直，換句話說，就是像小孩般純真無邪。不過，也不用連滑倒的姿勢都學小孩吧？」

我混在目睹了整個經過的神職人員之中，一面看著背對我的少年攙扶起渾身泥土的宮司，一面思考待會兒要跟他說哪段故事。

關於這位在不盡人意的人世中浮浮沉沉，卻不曾在神明面前說謊或打馬虎眼的差使，我還有數不盡的逸事可以說。

直至我的鱗片褪去色彩的那一日為止——

若這個故事能被傳承下去，落入後世的凡人手中。

那也會是，無常人世中的一大樂事吧。

一尊　天降設計師

一

新學期即將開始前的星期六，京都正值櫻花盛開的季節，觀光客比平時更多，不時可見一手拿著地圖、一手拉著大行李箱的外國人身影，也可看見身穿法被、積極宣傳人力車觀光的車夫。天空一片清朗，只有些許積雲；種植在岡崎渠道邊的櫻花樹，隨著春風搖曳著沉甸甸的淡紅色枝椏。

為了替母親跑腿，穗乃香在上午來到位於鬧區的百貨公司，而在櫥窗裡發現一件讓人聯想到櫻花的淡粉紅色洋裝。她忍不住停下腳步，視線全被那件洋裝柔軟的漸層雪紡質地及縮腰設計給吸引了。她暗想著「好可愛」，卻又被玻璃上映出的自己身影拉回現實。

今天的穗乃香穿著白色薄外套，外套裡是灰色的開襟羊毛衫和黑色裙子。擁有天眼這種特殊能力的穗乃香難以融入同學們的圈子裡，總是盡可能避免引人注目，幾乎沒有穿過色調鮮豔的洋裝。

穗乃香又看了櫥窗裡的洋裝一眼。如果自己穿上這件洋裝——她忍不住想像，又連忙打消念頭。就算她穿上了又怎麼樣？會有人讚美她嗎？反正鐵定不適合她。

「大姊姊。」

就在穗乃香邁開腳步、打算盡快辦完母親交代的雜務時，背後有道口齒不清的童音叫住她。回頭一看，一個小學生年紀的小女孩正仰望著她。小女孩頂著鮑伯頭和紅色貝雷帽，打著藏青底的白點長領帶，身穿女用襯衫和與帽子成套的鮮紅色開襟羊毛衫，下半身則是襯褲型的黑色短褲加上小貓圖案的褲襪。一身花俏裝扮的小女孩露出天真無邪的笑容，拉著穗乃香的外套衣襬。

「這附近有在賣洋裝，要不要去看看？」

「咦……」

這是新型的攬客手法嗎？穗乃香望向小女孩所指的方向，看見鋪在步道一角的野餐墊上陳列著幾件折好的衣服。

穗乃香尋找著小女孩的家長，卻沒看見類似的身影。別的不說，擅自在那種地方擺攤，沒有違法嗎？

小女孩完全無視於穗乃香的困惑，抓著她的外套，硬生生地把她拉向攤位。

「看一下就好，不買也沒關係。」

「呃……」

「快快快，一下子就好。」

「可是……」

面對遲遲不肯答應的穗乃香，小女孩的表情逐漸變得急切起來。

「我覺得大姊姊一定能懂我的品味……」

小女孩說話依然口齒不清，眼神卻漸漸發直。

「……偶爾有個人稱讚我做的洋裝可愛，又有什麼關係？」

小女孩抓著穗乃香的外套，自嘲地微微垂下頭來，歪著嘴巴忿忿不平地說道。

「反正世間就是無法理解我獨特的品味……」

穗乃香感受到某種危機，不禁困惑起來。這種憤世嫉俗的態度是怎麼回事？小女孩擁有如此可愛的外貌，嘴裡吐露的卻是對世間的不滿，讓人莫名膽寒。

小女孩察覺到穗乃香的困惑，猛然抬起頭來，並再度露出可愛的笑臉緩和氣氛。

「不過大姊姊的眼睛很特別，一定能懂……」

聽到這句話，穗乃香眨了兩、三次眼，並配合小女孩的視線高度蹲下來。仔細想想，水井裡的祂個子也和這個小女孩差不多。

「……妳該不會是……」

穗乃香帶著某種預感問道。剛見面就突然提及她的眼睛，這代表——

「……神明吧？」

⛩

「天棚機姬神？」

在穗乃香與小女孩相遇約一小時後，大好天氣還關在家裡打線上遊戲的良彥迎接了突然來訪的她們。

「對。我本來在高天原織神衣，天照太御神移駕到伊勢神宮後，我就和孫女一起在附近的神社侍奉祂，這兩、三年來都是在人間做洋裝。」

家人都外出不在，良彥請她們進入客廳，並端出麥茶招待，天棚機姬神津津有味地喝光了麥茶。祂的外表看來像是小學三年級，和泣澤女神差不多，但是眼前的祂打扮得和人類一樣花枝招展，很難認出祂是神明，而且祂還拿著一個圓鼓鼓的黑色波士頓包。

「對不起……突然跑來……」

領著天棚機姬神前來的穗乃香，以困惑不安的神情望著身旁的小女孩。

「我不知道該怎麼幫祂……」

根據穗乃香所言，她不是在神社，而是在路上被天棚機姬神叫住。某個在夜晚的鬧區吃吃喝喝的女神和祂那上酒店的老公也是這副德行，看來神明其實挺適應人間的。至於這是好是壞，良彥就不知道了。

「天棚機姬神的名字剛才不就出現在宣之言書上頭嗎？」

黃金叼著宣之言書來給搞不清楚狀況的良彥。

「有嗎？」

「你就只有在電腦上打妖怪的時候才會展現異常的專注力……」

黃金深深地嘆一口氣，良彥一臉不悅地從祂口中接過宣之言書。一專注於某件事就看不見周圍，是他小學時代的聯絡簿上也常常被老師提及的毛病。

「這麼說來，這就是正式的差事……」

良彥確認了最新的頁面上的確出現用淡墨寫下的「天棚機姬神」之名，又瞥了坐在對面沙發上的稚嫩女神一眼。

「話說回來，為什麼祢如今在人間做洋裝？」

祂本來是在織神衣，為何突然轉換目標？

天棚機姬神歪頭思索、搜尋言詞之後，才開口說道：

「差使大人，你一定知道天之石屋戶的故事吧？」

良彥沉默了一會兒，視線四處游移。

「……我、我當然知道啊！天之石屋戶嘛……就是那個雨水把岩石……對不起，其實我不知道……」

良彥坦白招來，黃金感嘆地搖頭。

「須勢理毘賣來的時候，你不是看過《古事記》嗎？那個故事在《古事記》裡也有記載，非常有名。」

「是、是嗎？」

良彥忍不住望向穗乃香，只見她也靜靜地點頭。

「我記得是天照太御神閉門不出的故事……」

黃金接過穗乃香的話頭，繼續說明：

「神代，天照太御神因為親生弟弟須佐之男命胡作非為而大發雷霆，便把自己關進洞穴裡，並用巨大的岩石堵住洞口。身為太陽神的女神拒不露面，使得世界被黑暗包圍，永不天明的夜晚一直持續下去……」

困擾的眾神絞盡腦汁、想方設法，要讓天照太御神離開洞穴。有的神明為了招來早晨而讓雞啼叫；有的神明用最好的品質及技術製作出神器和供品；還有神明故意設宴喧鬧，吸引天照太御神的注意。結果，對外頭的情況感到好奇的天照太御神，終於從岩縫間探出頭來，其他神明趁機將祂拉出來，早晨才得以回到世上。

「……原來早在一言主之前，就已經有繭居族神明啦……」

良彥喃喃說道。因為弟弟胡作非為而氣得閉門不出這一點，也很像人類。

「當時，我為關在洞穴裡的天照太御神織了神衣。」

天棚機姬神併攏穿著小貓圖案褲襪的腳，重新坐好，並自豪地挺起胸膛說道。然而，祂隨即又垂下肩膀，嘆一口氣。

「……不過現在卻變成這副模樣……」

「雖說現在仍受到伊勢的庇護，但是爾和大國主神等赫赫有名的神明相比，在凡人間的知名度還是偏低。因為爾的名字並未出現在《古事記》上。」

黃金用黃綠色眼睛看著天棚機姬神說道。

「咦？祂沒有出現在《古事記》裡嗎？有這種事？」

良彥反問，黃金點了點頭。

「雖然兩本書中都有提及石屋戶的故事，但是後來編纂的《古語拾遺》裡才有提到這尊女神的名字。」

聽了黃金的說明，良彥生硬地重複「古語拾遺」這個名字。即使是對日本史了解不多的良彥也聽過《古事記》和《日本書紀》，但是他從未聽過《古語拾遺》。話說回來，為什麼史書的種類這麼多？他們就不能彙整成淺顯易懂的一冊嗎？

「要凡人忠實彙整所有太古的歷史的確是強人所難，所以像我這樣名字在正史或《古事記》中從未出現過的神明並不少見……」

天棚機姬神露出困擾的笑容，但隨即又低聲說道：

「……雖然我並不介意，可是老實說，還是不太爽……」

聽見這句讓人懷疑是不是聽錯的低沉聲音，良彥不禁凝視眼前的神明。這道宛若詛咒整個世界、憤世嫉俗的聲音是怎麼回事？

然而，天棚機姬神卻若無其事地搖晃嬌小的身體，嘆一口氣。

「我織的神衣因為石屋戶風波而一夜成名，當時在眾神之間大為流行，其中最受歡迎的就是含蓄的傳統花色，每天都收到成堆的訂單。」

天棚機姬神回想起當年，望著天花板一臉陶醉地說：

「我不眠不休地紡絹絲、踩織布機，為了回應大家的期待拚命努力！可惜的是……好景不常……」

說到這兒，天棚機姬神頓了一頓，垂下肩膀，流露出明顯的失落之色。

「曾幾何時，我織的衣服不再受歡迎，訂單也急遽減少，最後甚至歸零……我連養蠶的飼料錢都籌不出來……」

天棚機姬神縮起背部，用力握緊膝蓋上的拳頭。

「這幾年，我和孫女一起住在伊勢附近的神社裡，製作進獻給天照太御神的神衣……我知道這是件很光榮的差事，但是不管經過多少年，我依然無法釋懷……從前我做的衣服風評那麼好，為何突然乏人問津……」

良彥本來以為天棚機姬神會哭出來，誰知祂雙眼發直，恨恨地說：

「……每個傢伙都一樣，翻臉跟翻書一樣快……」

果然不是聽錯，良彥啞然無語地凝視眼前外貌幼小的神明。這種低沉的聲音到底是從那嬌小身軀的哪個部位發出來的？

天棚機姬神察覺到良彥的視線，連忙打直腰桿，雙手在臉龐前交握，擺出可愛的表情，示意祂相當困擾。

「所以我就想，或許人間會接受我的衣服，才開始做洋裝。」

天棚機姬神眨了眨大眼睛，凝視著良彥。這副模樣的祂，竟會發出剛才那般充滿怨念的聲音，著實超乎良彥想像。

「……原、原來如此……」

就某種意義而言，或許祂才是最令人害怕的神明。良彥帶著雙重意義如此喃喃自語，並喝了口麥茶，好讓自己冷靜下來。不時窺見的天棚機姬神黑暗面實在對心臟有害。倒是穗乃香似乎早已知道天棚機姬神的雙面性格，並不怎麼驚訝。話說回來，她本來就是個喜怒不形於色的人，很難看出她的情緒。

「我是不知道神明做的衣服長什麼樣子啦，不過布料應該很華美吧？眼光高一點的人或許肯高價購買……」

如果不行，就放到網拍上如何？

聽了良彥的話語，穗乃香尋找著言詞說道：

「……嗯，所以我起先也覺得應該沒問題……」

在穗乃香視線前方的天棚機姬神再度垂下肩膀，嘆了口氣。

「接不到訂單以後，我也不是成天發呆。我自行分析過，認為我的衣服賣不出去，是因為設計一成不變。」

「設計？」

面對這意外的告白，良彥瞪大眼睛。

「對，所以我決定在日新月異的人間磨練品味。我把工作交給孫女，離開神社，努力學習巴黎時裝秀等擁有世界最尖端之譽的時尚潮流。然後，我終於做出令我滿意的洋裝！」

說著，天棚機姬神打開祂帶來的波士頓包，從裡頭拿出一件又一件衣服，排列在地板上。

領口有著無數金色長針的透明繞頸式襯衫，縫著噁心又寫實的立體眼珠的T恤，墊肩異常高聳、穿了以後八成會變成塗壁妖怪（註1）的圓點外套，幾乎整個胸部都露出來、只剩袖子的螢光綠襯衫，還有用透明矽膠製作、看來活像是洗髮帽的帽子，不知何故每一面都帶刺的面罩，以及沒地方可以伸頭和伸手的粉紅色毛茸茸神祕球體。

「真、真的假的……」

面對波士頓包裡出現的各種完全違背自己審美觀的衣服，良彥不禁倒抽一口氣。他該把這些當作衣服嗎？還是稱之為大冒險？

「現在人間流行這種衣服嗎……？」

連黃金也一臉詫異地詢問良彥。

「不，該怎麼說呢？這未免太……」

雖然當著本神的面有點難以啟齒，可是這些衣服實在搞怪過了頭，良彥根本搞不清這是時尚還是藝術。

「這是我個人史上投注了最多心力的作品，但是不知道為什麼，居然全都乏人問津！」

天棚機姬神握緊拳頭，用口齒不清的語調拚命陳訴。

「這明明是我在人間學到的設計，卻沒有半個人靠過來看！」

「……我想也是。」

「就連天眼的大姊姊看了都啞然無語！」

「我想也是……」

良彥對面無表情的穗乃香投以同情的視線，不禁好奇她看見這些商品時是什麼表情。

天棚機姬神的視線垂落地板，再度恨恨地說道：

註1：源自日本福岡縣的妖怪。走在夜路上，若前方突然冒出一道無法讓人繞過去的牆壁，便是妖怪「塗壁」。

「……居然沒人明白這些作品的優點，他們全都有眼無珠嗎……」

——好恐怖。

良彥感受到一股莫名的寒氣，打了個寒顫。身旁的黃金則帶著五味雜陳的表情，垂下耳朵。天棚機姬神有著可愛的外貌和口齒不清的稚嫩童音，因此放低聲調說話時的落差讓人覺得格外恐怖。

天棚機姬神抬起頭來，再接再厲地向良彥推銷自己的作品。

「差使大人，你覺得如何！如果有想要的，儘管說別客氣！這個面罩怎麼樣？你是差使，外貌卻有點軟弱，戴上這個看起來強悍多了，應該不錯！」

「不，我……」

良彥覺得祂剛才好像順口損了自己一句，是他太多心嗎？

「不然這個參考花田設計出來的球體呢？這是很流行的頭套喔！戴起來很可愛！」

「這根本不是衣服嘛！」

老實說，若問良彥想不想要，他可答不上來。他完全想不出要如何把這些衣物應用到日常生活之中。

遭良彥拒絕，饒是天棚機姬神也不由得垂下肩膀，跌坐在沙發上。

「我都已經這麼努力了，居然沒人懂得我的品味，真是豈有此理……我明明值得更好的評價啊……」

天棚機姬神凝視著自己的小手，嘆一口氣。

「果然是因為我的力量已經不比當年嗎……」

見到祂的模樣，黃金用同情的語氣說：

「在日本皇紀兩千六百多年的現在，凡人是用機器縫製衣服。更何況現在奉祀爾的神社很少。織神衣的天棚機姬神的力量也隨著時代衰退了嗎……」

說著，黃金對良彥投以糾纏的視線，良彥則苦著臉回望祂。良彥知道黃金是在暗指原因出於人類祭神不足，但是光對他一個人抱怨也沒用啊。他現在已經在當差使了，真希望黃金別再拿這點責備他。再說，這回的問題似乎不是出在力量方面。

「所以說，天棚機姬神，祢要交辦給我的差事是什麼？」

良彥在天棚機姬神面前蹲下來，望著祂的眼睛問道。雖然黑暗面隱約可見，但天棚機姬神對衣服的熱情是真的，否則祂就不會特地跑去觀摩巴黎時裝秀。只不過良彥覺得，祂的才能似乎用錯方向。

「良彥先生一定會幫忙祢。」

穗乃香也在一旁幫腔，鼓勵天棚機姬神說：

「如果有我幫得上忙的地方，我也會幫忙的。」

天棚機姬神沉默下來，思索片刻，又仰望穗乃香，點了點頭，以示祂做好覺悟，才對良彥說出祂要交辦的差事。

「求求你差使大人，請找出能夠接受我做的衣服的凡人！」

⛩

「良彥，你打算怎麼做？」

接下天棚機姬神交辦的差事，而宣之言書上頭的神名也上了墨之後，良彥帶著天棚機姬神再度來到街上。到了午後，由於氣溫上升，隨處可見把外套或夾克拿在手上的行人，良彥自己也因為溫暖的春天空氣而捲起襯衫袖子。

「就算來到這種人多的地方，我也不認為你能輕易找到喜歡那些衣服的凡人。」

黃金在良彥身旁仰望著他，小聲說道。

「嗯，我知道。」

連不穿洋裝的黃金都這麼說了，要在日本國內找到懂那種品味的人類想必很難吧。

「我是想先讓祂看看現在日本人之間流行的是哪種衣服。比起讓人類喜歡上祂現有的衣服，還不如請祂做些迎合大眾口味的衣服要來得容易多了，對吧？」

良彥望著走在前頭的穗乃香和天棚機姬神，為自己想出的好主意沾沾自喜。就良彥所見，天棚機姬神製作的衣服縫工精細，技術層面上應該沒有問題，關鍵是在於祂那種充滿藝術氣息的品味。

「只要祂肯做一件普通點的衣服，馬上就能找到中意的人類……」

說到這裡，良彥瞥了身旁一眼，卻發現剛才還在的毛茸茸背影忽然消失了。

「咦？奇怪，黃金呢？」

良彥連忙環顧四周，只見有隻狐狸在販售烤醬油丸子的日式點心店門前，一臉羨慕地看著人們買丸子吃。

「那傢伙……」

良彥按著太陽穴。祂明明是從太古時代就存在的方位神，為什麼這麼熱愛甜食啊？

發現良彥停步而回過頭來的穗乃香看出是怎麼一回事，從包包裡拿出錢包說：

「我去買……」

「不，穗乃香，別寵壞祂。」

要是每次都買給祂，會對今後良彥的荷包不利。良彥制止穗乃香，緩緩繞到用無奈眼神目送購買櫻餅的情侶離去的黃金背後，接著用手臂環住祂的前腳下方，將祂抱起來。

「幹、幹什麼，良彥！放我下來！」

「我不放。還有，別露出那種飢渴的眼神。」

「我、我才沒有露出那種眼神！只是觀察一下而已！」

「祢連口水都流出來了耶。」

良彥抱著黃金走過斑馬線，來到穗乃香和天棚機姬神相遇的百貨公司前才把黃金放下來。黃金打從剛相識起，就堅持「對人類的食物沒興趣」的一貫主張，但良彥早就看穿祂只是死鴨子嘴硬。最近祂對食物的興趣可說是與日俱增。

「方位神老爺和差使大人感情很好呢。」

目睹整個過程的天棚機姬神如此說道，黃金氣憤地反駁：

「怎麼可能！我跟著這小子，只是為了要求他重新履行差事！」

「不用害臊嘛。」

「我沒有害臊！」

「對了，祢的毛皮很漂亮，拿來當素材應該挺有意思的。」

「別、別用那種眼神看著我唯一的一套毛皮！我才不會給祢！」

良彥無視抓著黃金尾巴的天棚機姬神，視線滑向百貨公司前形形色色的行人們身上。其中最引他注目的便是身穿春意盎然的粉色系服裝的女性們，感覺連周遭景色也跟著亮麗起來。

「棚機姬，祢看看。」

良彥呼喚興味盎然地望著黃金的蓬鬆毛皮的天棚機姬神。

「附近行人穿的衣服，就是現在人間流行的衣服。」

放眼望去，沒看見戴著帶刺面罩或粉紅色頭套的人。

「剛才祢給我看的衣服也不錯，就是有點……不符合人類的喜好……」

「可是，那是我依據視察歐美流行時尚時產生的靈感做成的衣服耶！」

說著，天棚機姬神再度從波士頓包中拉出衣服。

「像這件繞頸式襯衫，就是以豐臣秀吉的頭盔為原型做成的；而這件露肚裝，則是參考護腕製作的！換句話說，我把在外國找到的靈感和日本特有的文化融合起來，在尊重歷史的前提之下展現出走在時代尖端的超現實主義……」

「知、知道了知道了！雖然我不懂祢在講什麼，但是我知道祢很講究！」

見祂的說明似乎沒完沒了，良彥連忙喊停。良彥沒有足以對天棚機姬神說出長篇大論的時尚知識或品味，要是祂搬出理論來進攻，良彥一下子就得舉白旗投降。

「可、可是，祢看看周圍，有人穿那種衣服嗎？」

良彥配合天棚機姬神的視線高度，和祂一起環顧周圍。

「沒有。」

「對吧？祢做的衣服很棒，但是該怎麼說呢？門檻好像太高……」

「門檻太高……」

天棚機姬神喃喃說道，又嘀咕一句：

「這樣就太高……凡人到底是多低空飛行啊……」

良彥望向遠方，刻意忽視這道夾雜在街道喧囂聲中的低沉聲音。說話這麼毒辣的神明也挺少見的。

天棚機姬神隨即又猛然抬起頭來，鬥志高昂地握著拳頭。

「那就去尋找能夠跨過這道高門檻的凡人吧！」

「不，我不是這個意思……」

不愧是獨自前往歐美修行的神明，心根本是鐵打的，不會輕易改變方針。不過，若是直言祂的品味有問題，一定會傷到祂的自尊。該怎麼做才能避免傷害祂呢？良彥抱頭苦惱。這尊過度積極的女神在這種時候就顯得有點麻煩了。

「穗乃香……」

良彥正想回頭向穗乃香求助，卻發現她沒在聽他們說話，而是目不轉睛地望著斜後方的店家櫥窗。

「怎麼了？」

聽到良彥呼喚，穗乃香露出罕見的慌張神色，將視線從櫥窗上移回來。

「啊，沒什麼……」

「妳喜歡那件衣服嗎？」

天棚機姬神循著穗乃香的視線望向櫥窗裡的粉紅色洋裝。面對祂的質問，穗乃香的視線微微搖曳，並撇開了眼睛。

「不、不是……」

良彥也跟著望向那件洋裝。雖然他對女性時尚沒有研究，不過他覺得那種春意盎然的色調很可愛。

「眼光不錯，但是款式未免太單調了吧？」

天棚機姬神站在櫥窗前打量洋裝，又打開從波士頓包裡取出的素描簿，在上頭迅速畫下自己的設計稿。

「如果是這種款式，我倒想做做看。」

良彥和穗乃香窺探頁面，只見素描簿上頭畫的是一件難以形容的奇特洋裝，看起來像是融合了中世紀歐洲貴族喜愛的花俏洋裝和鉚釘皮夾克而成，已經完全找不到櫥窗裡那件可愛洋裝的影子。

「如果妳想要，我替妳做一件吧？」

天棚機姬神一臉滿意地詢問，穗乃香頓時語塞。

「謝謝……可是，這個……」

「衣領部分就用黃金老爺的尾巴毛……」

「我不是說過我不會給祢嗎！」

看見天棚機姬神那種宛如瞄準獵物的眼神，黃金連忙抱住自己的尾巴。

看著一人二神的對話，良彥悄悄地抱頭苦惱。起先他以為這件差事很快便能解決，現在看來，遠比他想像得還要棘手許多。天棚機姬神若不改變心意，良彥就得去尋找能夠接受祂品味的人類。

「……不知道去原宿找不找得到……」

還是真的得放上網拍？

天棚機姬神一面參考黃金的毛皮，一面喜孜孜地再度攤開素描簿。良彥望著這樣的祂，深深嘆一口氣。

二

接下天棚機姬神交辦的差事之後，良彥和穗乃香買了些當紅模特兒擔任封面人物的女性時尚雜誌給祂，並帶祂去逛街，教導祂人類平時穿的都是些什麼樣的衣服。他們也一再強調，時裝秀上的模特兒穿著和一般人日常生活中的穿著完全不同，但天棚機姬神還是老樣子，盡在素描簿上畫些過度嶄新的設計稿，而且每回混在跳蚤市場裡擺攤都乏人問津，只有那道陰沉的嗓音變得越來越有魄力。

「我得想個辦法……」

結束當天的打工之後，良彥在更衣室裡看到別人帶來的男性時尚雜誌，如此沉吟。

天棚機姬神基於處在衣服環繞的環境下比較自在這個理由，逕自把良彥的衣櫃拿來當作寢室，因此良彥要拿衣服時，還得經過衣櫃裡的女神同意才行。祂一下子嫌棄良彥只有運動褲，一下子嫌棄良彥的襯衫都是中規中矩的格紋花樣；更煩人的是，即使良彥從未徵求祂的建議，但每次出門前都得聽祂對自己的裝扮做些尖酸刻薄的評論。這樣的生活已經令良彥瀕臨忍耐的極限。

「祂怎麼不去穗乃香她家住啊……」

她們同為女性，比較沒有顧慮。莫非承受這種不合理的待遇也是差使的命運？良彥覺得自己似乎該乖乖認命。

「啊，萩原。」

當良彥走出更衣室時，四十來歲的組長叫住他。組長是統率打工人員的正職員工，乍看之下溫溫吞吞的，不怎麼可靠；但是思及他能夠一手管理年齡各異的打工人員，良彥最近開始認為他其實相當精明幹練。

「來，這個給你。剛才開夕會的時候忘記交給你。這個月也辛苦你了。」

他遞出的是將在明天支付的本月薪資明細表。

「謝謝！」

良彥將薪資明細表舉到頭上，以略為誇張的動作恭恭敬敬地接下。薪資是直接匯入戶頭裡，所以手上只有明細表，但是能夠親手拿到還是令他很開心。那些花在他根本不看的時尚雜誌上的費用終於獲得填補了。

良彥向組長低頭行禮後離開辦公室，邊走邊打開薪資明細表。扣掉所得稅之後的收入大約是十萬日幣，只有正職員工的六成左右。其中有三萬要交給家裡，再扣掉自己的手機通話費、交通費以及出社會以後固定分撥到儲蓄上的金額，留在良彥手邊的不過幾萬圓而已。擔任差使的花費也得用這些錢支付，所以他過的是不容揮霍的生活。

「我的收入這麼微薄，要帶祂去能夠接受那種品味的原宿或紐約很困難……」

良彥半是嘆息地喃喃說道，走過了斑馬線。這麼一提，從前他曾不著痕跡地向大神陳情，希望能夠補貼交通費給差使，但是至今仍未實現。

「咦？」

步向車站的良彥在馬路邊的超商前發現一頂眼熟的紅色貝雷帽。天棚機姬神把平時帶著的那只大波士頓包放在身旁，抱著膝蓋坐在地上。一名擔心祂的老婦人向祂搭話，祂回答「沒事」，聲音雖然開朗，但眼神整個發直。

「祢在幹嘛啊……」

待一臉擔心的老婦人離去之後，良彥出聲呼喚天棚機姬神。

「啊，這不是差使大人嗎？」

「祢又跑去哪裡擺攤嗎？」

為了避免擋到路人和超商的客人，良彥閃到一旁，配合天棚機姬神的視線高度蹲下來。

「對。我覺得人多的地方比較好，所以跑去車站前擺攤，結果被警察趕出來。」

天棚機姬神一臉困擾地嘿嘿笑了幾聲，用開朗的語氣如此說明之後，又用低沉的聲音恨恨地說道：

「……這個國家的警察什麼時候變得比神明還要偉大啊？」

「警、警察只是在工作而已，祢可別恨他們……」

前去驅趕的警察想必沒料到對方居然是神明吧。良彥心想，自己該早一點告訴天棚機姬神，在路邊擺攤是需要許可的。

「別的不說，光是《古事記》和正史裡頭都沒有提到我的名字，就代表凡人根本不把我當成神明……」

天棚機姬神繼續嘀咕，良彥尷尬地抓了抓腦袋。祂嘴上說不介意，其實根本是耿耿於懷。或許祂這種近似雙重神格的性格正是起源於這件事。

「而且連一件也沒賣出去……」

天棚機姬神露出皮笑肉不笑的微笑，良彥帶著最高等級的同情喃喃說道：

「……該怎麼說咧？祢的挑戰精神很值得效法……」

即使衣服賣不出去、滿嘴怨言，依然堅持到底這一點，讓良彥極為敬佩。

良彥催促天棚機姬神一起前往車站。現在是平日的下午五點前，良彥希望趕在下班的交通顛峰期之前回家。

「乾脆放到網路上試試看吧？應該比擺攤更容易讓人看見。」

良彥邊走邊俯視身旁的紅色貝雷帽，如此提議。現在良彥覺得，與其說服祂製作符合人類喜好的衣服，不如直接上網販賣比較快。放上網拍，或許會有一、兩個愛搞怪的人上鉤。

「我不想在網路上賣衣服，因為我想看看買的人長什麼樣子。」

天棚機姬神抬起頭來，斷然拒絕。

「我要親眼確認理解我的天縱之才的凡人，唯有這一點我絕不讓步。」

天棚機姬神如此強調，良彥從喉嚨深處「唔」了一聲。如果祂把衣服放上網拍，良彥就可以裝成別人買下，如今這招是不能用了。

「……哎，如果能在地球毀滅之前遇見這種人就好了……」

天棚機姫神呵呵一笑，低聲說道。良彥帶著五味雜陳的表情望著祂。無法完成差事，身為差使的他也有責任。

「啊，等一下。」

突然有股味道撲鼻而來，良彥抬起頭，牽著天棚機姫神的手來到步道旁的日式點心店。那正是之前黃金一臉飢渴地逗留的商店。今天店家在店門前烤的是麻糬串，醬油的香氣在四周飄盪。除此之外，還有賣萩餅及三色丸子等基本商品。

「祢想吃什麼？」

良彥指著玻璃櫃詢問天棚機姫神。

「到目前為止，我這個差使沒幫上任何忙，就讓我聊表歉意。」

明天就是發薪日，他想小小揮霍一下，只是幾百圓的花費應該無妨。眼神空洞的天棚機姫神聽了表情變得開朗一些，指著玻璃櫃說道：

「……我要這個綠色的。」

「鶯餅啊？那來一份這個。我要三色丸子，還有……還要一個櫻餅。」

良彥請笑容可掬的女店員替他打包櫻餅，並把立刻可以吃的鶯餅遞給天棚機姫神。

「總之，祢先吃了這個，打起精神來吧！」

良彥不知道一個一百二十圓的鶯餅能帶給祂多少安慰，不過這是心意問題。

天棚機姬神從良彥手中接過鶯餅，一臉詫異地仰望從錢包裡拿出零錢的良彥。

「櫻餅是買給誰的？」

良彥接過自己的三色丸子和外帶的櫻餅，結結巴巴地回答：

「哎，反正明天就發薪水……」

良彥先前才叫穗乃香別寵壞祂，他也知道自己這麼做很矛盾，但是只有他和天棚機姬神吃甜食，總覺得有點過意不去。

「我看那傢伙很想吃……」

「……是給黃金老爺的？」

面對天棚機姬神的問題，良彥含糊地點頭，一面吃著三色丸子一面走向車站。被當面這麼一問，他總覺得有點難為情。雖然是對方不請自來而且賴著不走，但是朝夕相處之下，難免會產生感情。

「走吧。」

良彥呼喚陷入沉思的天棚機姬神。

交互打量著良彥的背影和手上鶯餅的天棚機姬神這才回過神來，緊追著他的身後而去。

⛩

週末，良彥得知附近的公園有個自由參加形式的跳蚤市場，便帶著天棚機姬神前往。這是地方政府主辦的，無須事先申請也可以自由出入，活動目的似乎是讓居民同樂，而不是賺錢。良彥先前希望天棚機姬神製作符合人類喜好的衣服，後來卻被祂的熱忱感動，因而轉換方向，改為尋找肯買這種奇特藝術品的怪胎。

然而——

「……完全賣不出去……」

良彥從家裡的儲物間拿出很久以前用過的露營椅，並用瓦楞紙板製作標價牌，穗乃香也前來幫忙；但是開賣至今已經過了四小時，雖然有人好奇地停下腳步，卻沒有人購買。

「沒事沒事，我習慣了！哎，與其說是習慣……」

天棚機姬神蹲在帶刺的面罩旁，笑容滿面地揮動雙手以顯示祂元氣十足。但祂的表情突然黯淡下來，喃喃說道：

「……還不如說是麻痺……？」

祂那副模樣引發良彥的危機意識，他連忙抓住一臉好奇地在附近走動的黃金。

「黃金，祢也能夠調整磁場，讓普通的人類看見祢吧？祢用祢那毛茸茸的身體招攬一下客人嘛。」

如果有隻狐狸，在脖子上掛著用瓦楞紙板和塑膠繩製成的「這裡有最尖端的時尚服飾」牌子，在攤位附近四處走動，一定能夠成為最佳宣傳。

然而，果不其然，黃金回以冷冷的一瞥。

「為什麼我得招攬客人！這是你接下的差事吧？」

「別這麼古板嘛！只要隨便繞一圈就好啦！」

「我拒絕。差使辦理差事時，除了帶路以外，我幫任何忙都是違反天理。」

「我還買櫻餅給祢耶！」

「這和那是兩碼子事！」

「……呃……」

正當良彥和黃金爭論之際，穗乃香戰戰兢兢地開口說：

「我可以帶棚機姬去散散心嗎……？」

穗乃香心懷顧慮地瞥了天棚機姬神一眼，只見祂正散發出足以把全身染黑的陰暗氣息。

「好、好吧！攤位我來顧，麻煩妳了。」

的確，若攤位上有個陰沉的小女孩，客人應該也不敢上門吧。良彥目送在穗乃香催促下邁開腳步的天棚機姬神，嘆了一口氣。這回的差事也很棘手。他真想接接看「替我買麵包」或「替我打掃」這類簡單明快的差事。

成為會場的公園裡滿是攤販及顧客，相當熱鬧。有的攤位販賣手工飾品及圖畫，有的攤位販賣已經用不著的兒童服飾和嬰兒用品，附近的清水燒陶瓷器攤則是販售碗和茶杯，老夫婦和親子們各自逛著感興趣的攤位。

「話說回來……」

良彥盤坐在野餐墊上，瞥了身旁的狐神一眼。

「棚機姬應該是個明星設計師，為什麼祂的衣服會突然乏人問津？」

雖然天棚機姬神認為是起因於祂的設計一成不變，但原因真的是如此嗎？

「你認為有其他理由？」

黃金用黃綠色的眼睛望著良彥。良彥沉吟片刻，手肘抵在膝蓋上，拄著臉頰。

「別的不說，神明會在意服裝的款式嗎？」

良彥不知道高天原是個什麼樣的地方，莫非神衣也有過不過時的問題？

「棚機姬說現在祂的衣服不被接受，是因為力量衰退之故；但或許祂在高天原織的神衣不再受歡迎，只是因為當時力量就開始衰退了……」

雖然這只是其中一種看法，但似乎最為合理。

「不過，就算如此，那尊女神交辦的差事是尋找喜歡祂衣服的凡人。現在的你只能去找欣賞那種詭異衣服的凡人。」

聽完黃金冷靜的答覆，良彥嘆了口氣說道：「說得也是。」的確，現在自己的使命不是探究棚機姬神的力量是幾時衰退，而是賣掉祂那些發揮扭曲品味製作的衣服。

「……不過，以你而言，這個著眼點算是不錯了。」

黃金搖晃蓬鬆的尾巴，瞇起雙眼。

「無論和這件差事有無關聯，你最好謹記在心，神明的力量衰退產生的影響，不光是外貌改變或是力量弱化而已。」

良彥拄著臉頰看著黃金。

「就像先前交辦過差事的一言主大神和少彥名神一樣，記憶和情感變淡，也是神明所受的苦難之一。」

「記憶和……情感……？」

良彥重複這兩個字眼，想起剛才坐在身旁的天棚機姬神。祂對創作的熱情似乎一如往昔，這樣的祂是否也有所「改變」呢？莫非連祂自己都沒有察覺？

「……我實在搞不懂……」

良彥從胸口深處吐出這句話，仰望著春天的彩霞。

⛩

「……最近，我想不太起來了。」

離開攤位，天棚機姬神一面和穗乃香在公園裡散步，一面喃喃說道。

「從前在高天原……不眠不休地踩織布機的那段日子……」

走在身旁的穗乃香刻意配合祂嬌小的身軀放慢步伐。穿著小貓圖案褲襪的雙腳不知何故，比平時更為沉重。

「從前我是怎麼織衣服的呢……啊，不，當然，我還記得織布機怎麼用。只不過，我覺得以前好像有股無形的力量在推動我織衣服……」

在和煦陽光的邀請下，形形色色的人們造訪下午兩點過後的公園。穗乃香避開四處奔跑的小孩，轉動著視線尋找言詞。雖然她鮮少表露情感，但是經過這些日子的相處，天棚機姬神可以感覺得出她其實是個心地非常溫柔善良的少女。

「如果我能想起當年的事，大家是否就會再次需要我呢？」

天棚機姬神凝視著自己的小手。雖然祂擁有勇闖海外修行的旺盛求知精神，但是面對自己的衣服乏人問津的狀況，祂的心開始頹喪。一定是因為自己的力量變弱、衰退，才無法做出打動人心的衣服。

閉口思索的穗乃香緩緩望向天棚機姬神。

「……棚機姬，祢還想繼續下去嗎？」

穗乃香微微歪頭，用透明的視線望著祂。

「繼續做衣服。」

聽到這個問題，天棚機姬神微微一愣，眨了眨眼，又立即點頭。

「當然！製作衣服是我的使命，也是我活著的意——」

天棚機姬神正要回答，卻有個東西閃過腦海，讓祂中斷話語。那是種非常懷念又溫暖的感覺，稍縱即逝，只留下些微殘像。

「是嗎……那就沒問題了。」

聽見天棚機姬神的答案，穗乃香用依舊貧乏但帶著些許滿足的表情點了點頭。

「能夠持續下去，就有意義……從前有人對我這麼說過。」

穗乃香說道，白皙的臉頰暴露在春風之中。

「如果不是出於真心真意，一定無法持續下去。」

她回想著從前聽過的話語。

「祢一定能夠回想起來……」

聽到這番話，天棚機姬神略微鬆一口氣，紛亂的心靈也逐漸平靜下來。

「持續是有意義的……」

天棚機姬神跟著喃喃複述，又為了同時產生的問號歪了歪頭。

那麼，自己又是為了什麼而持續？

為了什麼而繼續製作衣服？

「啊……」

就在天棚機姬神陷入沉思時，穗乃香小聲驚叫，在一個攤位前停下腳步。顧攤的年輕女性笑容可掬地對她們說「歡迎光臨」，彩色墊布上排列著手工飾品、緞帶及髮夾，樣樣都是精雕細琢的美麗物品。

「好可愛，是手工製作的嗎？」

天棚機姬神詢問，女店員略微靦腆地點頭稱是，同時可以感覺到她身為製作者的自豪。

穗乃香望著商品，從中拿起一個用施華洛世奇水鑽製成的四葉苜蓿別針。這是用濃淡兩色的水鑽所製成，款式雖然簡單，卻相當別緻。穗乃香把它放到天棚機姬神的紅色貝雷帽上，又拿起女店員遞出的鏡子。

「很好看。」

紅色貝雷帽和綠色苜蓿相互映襯，天棚機姬神也忍不住露出微笑。的確，貝雷帽多了別針點綴，就像是有了表情一樣。

「……祢知道四葉的苜蓿代表什麼嗎？」

穗乃香隔著鏡子問道，天棚機姬神困惑地歪了歪頭。祂知道苜蓿是什麼，但四葉苜蓿有什麼特別的意義嗎？

「這是外國的傳說，聽說發現四葉苜蓿的人會有好運。」

說著，穗乃香付了幾百圓給擺攤的女性，並把別針別在天棚機姬神的貝雷帽上。

「……好運……？」

天棚機姬神打量著鏡子裡的別針。身為神明的自己配戴招來幸運的飾品是有點奇怪，但是在貝雷帽右側反射著春光、閃閃發亮的別針看起來似乎格外與眾不同。

「謝謝……」

更令祂開心的是穗乃香為祂挑選禮物的心意。

之後，除了別針以外，穗乃香又買了一條狀似櫻花瓣相連而成的緞帶才離開攤位。

「妳不把緞帶別上去嗎？」

天棚機姬神看見穗乃香把裝著緞帶的小紙袋小心翼翼地收進包包中，便如此詢問。祂本來以為穗乃香是買來自用的。

「這是要送給朋友……」

穗乃香帶著溫柔的眼神說道。

「因為我那個朋友沒什麼機會看到櫻花……」

天棚機姬神不明白這句話是什麼意思，但又不好意思細問，便揀選言詞說道：

「那妳的份呢？」

穗乃香毫不遲疑地買下送給天棚機姬神和朋友的飾品，卻不買自己的嗎？當她望著可愛的雜貨時，看起來明明很開心啊。

穗乃香微微垂下視線說道：

「這類東西不適合我。」

直到此時，天棚機姬神才發現穗乃香隨風翻飛的衣服是避免引人注目的樸素色調。

三

「祢還在看啊？」

結果，他們連一件衣服都沒賣出去便到了跳蚤市場的結束時間。良彥等人和穗乃香道別，回到自己的家。

「以一個外行人做的東西而言，這算是很精巧。」

天棚機姬神在衣櫃裡透過化妝鏡欣賞四葉苜蓿別針，並以身為設計師先驅的立場裝模作樣地發表評論。

「……哎，不過如果是由我來做，一定會做得更漂亮……」

「……祢還是老樣子。」

良彥終於適應祂的毒辣言語，喃喃地回嘴。

「我對別針是沒研究啦，不過……」

正要去洗澡的良彥一面從衣櫃中拿出換洗衣物，一面打量天棚機姬神。

「很適合祢。」

聽到這句話，天棚機姬神忍不住嘿嘿一笑。祂自己製作衣服，對於身上的配件當然也很講究。雖然這是別人贈送的禮物，但是祂很喜歡，而能夠受到第三者的肯定，祂自然更開心。

「可是穗乃香小姐沒買自己的份，只買了送給我的別針和送給朋友的緞帶……她說這些不適合她。」

天棚機姬神想起穗乃香當時的表情。她擁有令所有女性羨慕的外貌，卻總是刻意保持低調，這點一直讓天棚機姬神感到納悶。

「就拿那件洋裝來說，如果喜歡，她大可以買下來啊……」

穗乃香看得出神的那件櫥窗裡的洋裝，一定很適合身材苗條的她吧。不過，就算勸她買下，她一定又會說不適合自己而放棄。

「嗯，的確，穗乃香的便服大多是比較保守的樣式。」

良彥拿著換洗用的運動褲，盤起手臂說道。對良彥而言，穗乃香的制服裝扮給他的印象最為深刻，這正代表穗乃香從未穿過任何具有衝擊性的便服。

「或許她是下意識地避免引人注意吧。畢竟她擁有天眼，從小就交不到朋友，好像因此吃了不少苦頭。」

就連現在，她也有偏好獨處的傾向。不過，良彥認為那只是因為她經驗不足，不知道該如何與人相處而已。

「這樣的穗乃香主動和祢交流，還送祢禮物，這可是很驚人的事啊！就連我都只收過草莓耶……」良彥帶著嫉妒喃喃說道。而且那些草莓還是別人送的，她只是分一些給良彥而已，和親自挑選的禮物完全不同。

「……這樣啊……」

天棚機姬神拿著貝雷帽，再次觀看上頭的別針。微微凝聚光線並加以反射的綠色水鑽色調柔和，不知何故，凝視著它連心靈也跟著平靜下來。

「要是穗乃香知道祢這麼開心，她一定也會很開心。」

聽良彥這麼說，天棚機姬神忍不住抬起頭來。

「……穗乃香小姐會開心……？」

天棚機姬神輕聲反問，眨了眨眼。

見祂面露不解之色，良彥困惑地說道：

「對方喜歡自己送的禮物，當然會開心啊！」

聞言，天棚機姬神下意識地屏住呼吸。

不知何故，這句理所當然的話語鮮明地刺入祂的胸口。

為了將卡在腦海一角的事物更加拉近手邊，天棚機姬神緩緩地揀選言詞。

「……之前差使大人也買過櫻餅給黃金老爺吧？」

見天棚機姬神一臉嚴肅地追溯記憶，良彥忍不住和身後的黃金互看一眼。

「嗯、嗯，我是買過……」

「……穗乃香小姐，也買了緞帶，要送給朋友。」

天棚機姬神宛若在確認每一個字句似地分段說道，突然又抬起頭來。

「那我呢？」

這個問題突然衝口而出。

「我是為了什麼做衣服？」

過去像呼吸一樣理所當然的事，現在祂突然不明白了。

不，或許祂從以前就不明白。

不知不覺間，記憶隨著力量衰退。

自己是為了什麼踩織布機、替大家製作衣服呢？

祂想要的是讚賞？

或是名譽？

「那還用問？」

在搖晃的心靈邊緣，天棚機姬神快被不安的漩渦給吞沒，但良彥一臉理所當然地用開朗的聲音斷言。

宛若一道光芒。

又宛若一陣吹散雲霧的風。

「——當然是為了開心地穿上祢做的衣服的人啊！」

⛩

自從參加跳蚤市場那一天以來，天棚機姬神像是變了個樣，成天窩在良彥的房裡埋頭苦幹。祂對著不知道從哪裡搬來的縫紉機、布料、假人模特兒和紙型反覆琢磨、抱頭苦惱，有時甚至關在衣櫃裡不出來。衣櫃裡的空間有限，想當然耳，祂把縫紉機等物品搬進去，良彥的衣物就被隨手扔出來，但當時的天棚機姬神氣勢懾人，良彥根本不敢埋怨。

「希望妳能收下。」

一週後，良彥遵照天棚機姬神的吩咐，帶著放學後的穗乃香回家。天棚機姬神遞給她一個大盒子。

「……給我的？」

事出突然，穗乃香有些困惑，忍不住瞥了良彥一眼。

「祂說要給妳，妳就收下吧。」

良彥也不知道盒子裡裝的是什麼，但是他可以確定，那就是天棚機姬神閉關一週所製作的物品。

穗乃香眨了眨眼，思索片刻之後，慢慢朝盒子伸出手。白色的長方形盒子大小正好可以容納穗乃香的書包，但是不怎麼厚。穗乃香緩緩掀開上蓋，看見的是保護內容物的不織布。她小心翼翼地掀開不織布，讓人聯想到盛開櫻花的柔和淡紅色隨即展露於眼前。見到那鮮豔的色調，良彥忍不住瞪大眼睛。一瞬間停下手來的穗乃香帶著緊張的表情拿出盒裡的物品，質感滑

膩的布料宛如吸附在手上一樣服貼。天棚機姬神用的是什麼布料，良彥心裡完全沒數，但可以確定那是相當高級的布料。

「這是……」

掌握了全貌之後，穗乃香的眼睛一反常態地閃閃發亮。

這是天棚機姬神為穗乃香製作的洋裝，款式非常簡單。

「我參考櫥窗裡的那一件做的……」

天棚機姬神一臉不安地仰望穗乃香，手指在正座的膝蓋上撓動。

「妳穿素色衣服很好看，可是，我覺得這種可愛的色調也很適合妳。如何……？」

天棚機姬神詢問，而穗乃香拿著洋裝，整個人愣在祂面前。不過，良彥沒有遺漏她白皙臉頰上的些微紅暈。雖然她的表情毫無變化，但這是她相當開心的證據。

「穗乃香，機會難得，妳就試穿看看吧。」

站在良彥的立場，他也很想拜見可愛女孩穿上可愛衣服的模樣。

「請務必試穿看看！我來幫忙！」

天棚機姬神也懇求似地表示贊同。

「咦？可是……」

「快快快，來這邊！啊，差使大人，借用一下隔壁的房間。」

天棚機姬神連拖帶拉地把穗乃香帶往另一個房間，數分鐘後，又興奮地大叫：「讓大家久等了！」回到房裡來。

「穗乃香小姐，請過來！」

穗乃香被天棚機姬神拉著手，戰戰兢兢地走進房裡；看見她的模樣，良彥頓時張大嘴巴，忘了呼吸。

洋裝衣袖是呈喇叭狀設計，使得從袖中探出的手臂顯得更加纖細；腰部以用同一塊布料製作的緞帶修飾出纖細的腰身，裙子部分則打了細褶。展露穗乃香白皙肌膚的露肩洋裝上縫著珍珠，演繹出低調的奢華；衣襬、袖子和身軀部分都像是沿著穗乃香的身材曲線一樣服貼；色調雖然明亮卻不過於花俏，溫和典雅。這的確是專為她量身訂做的洋裝。

「哦，不錯嘛……」

黃金難得瞇起眼睛，露出滿意的笑容。就連平時對人類外貌毫無興趣的祂都露出這種反應，可見得穗乃香這副模樣有多麼出眾。

「對、對不起，我……」

當事人穗乃香則是害臊地垂下頭，坐立不安，視線游移。

「我不太習慣這種衣服……」

「可是，妳穿起來很好看！對吧？差使大人。」

聽見天棚機姬神徵求贊同，良彥這才回過神。這或許是他打從娘胎出生以來，頭一次如此明顯地看得出神。畢竟就連身穿制服的穗乃香，良彥都是花了好一陣子才適應。

「嗯，非常好看。」

良彥活像在陳述什麼重大事項一樣，用力說出這句話。這是他發自內心的感想，不帶半點虛假，真誠得足以吹散所有害臊之情。

「謝、謝謝……」

聽到這句話，穗乃香手足無措、面紅耳赤，接著，笑容點綴了她美麗的臉龐，宛若湧上心頭的喜悅滿溢而出。

「……我就是想看這種笑容。」

天棚機姬神看著穗乃香難得一見的如花笑靨，喃喃說道。

「我一直想不起自己是為了什麼而繼續做衣服。」

曾幾何時之間，祂把這個重要的理由撇到一旁，只拘泥於「製作」這件事。祂光顧著要做出獨特的衣服、前所未見的衣服，卻忘記最重要的事。

「多虧差使大人和穗乃香小姐，我終於明白了……我做衣服，是為了那些開心穿上我做的衣服的神明。」

當年，祂不眠不休地踩著織布機紡絹絲。為了等待這件衣服的某尊神明的笑容，祂絲毫不以為苦。

「我真是糟糕，居然忘記這麼重要的事。」

說著，天棚機姬神自嘲地笑了。

「就是因為重要，祢才想得起來啊！」

良彥把手放到紅色貝雷帽上。

「一定有很多人在等待祢做的衣服。」

聽到良彥這句話，天棚機姬神的眼眶微微濕潤。穗乃香配合祂的視線高度，在祂的面前蹲下來。

「……謝謝祢送我這麼漂亮的衣服。」

白皙臉頰上仍然帶著櫻花色紅暈的穗乃香，牽起天棚機姬神的小手。

「我很開心……」

說完，穗乃香微微一笑；見狀，天棚機姬神的雙眼撲簌簌地掉下淚來。

在漫長的歲月裡，祂不知已等待這句話多久？

這是祂過去常收到的話語。

曾幾何時，這句話卻變得理所當然。

「我、我也很開心！」

在幾乎遺忘的記憶之中，這是離開神社、獨自奮鬥的祂獲得回報與救贖的瞬間。

⛩

「祂說這份禮物是為了答謝我們的照顧，很抱歉這麼晚才送上。」

天棚機姬神在宣之言書上留下衣服形狀的朱印之後便離去。過了幾天，祂寄來一個包裹給良彥。大小不同的兩個盒子上分別寫著「給差使大人」和「給黃金老爺」。

「祂說話雖然毒辣，卻很重情義。」

或許那道不似神明所有的低沉聲音，是焦慮的心靈發出的吶喊吧？說歸說，良彥又覺得那十之八九是祂的性格所致。

就在良彥朗誦包裹中附上的信時，黃金啼笑皆非地看著他，並搖動著尾巴給他忠告。

「良彥，這次的差事能夠解決，大半是靠那個擁有天眼的女娃兒。」

「果然是衣服嗎？不過這樣未免太缺乏意外性……」

「身為差使的你幫上的忙微乎其微。」

「還是高級布料？不，應該不會送布料吧……」

「在你忙著推測是什麼禮物之前，該把這一點牢記在心——」

「還是出其不意，送普通的日式點心？」

「良彥，快點打開。」

黃金突然正色催促起良彥，良彥克制著高昂的情緒，打開寫有自己名字的盒子。和穗乃香收到禮物時一樣，起先出現的是不織布；他掀開不織布一看，只見白、粉紅、綠三色圓點圖案淹沒了整個盒子。

「……這是什麼？」

良彥歪著頭拿出禮物。禮物的形狀明明是白底的修身外套，上頭的花樣卻非常詭異。

「這該不會是……」

白、粉紅、綠三色一組，並用棒子串起來——顯然是那天良彥吃的三色丸子。整件外套都印滿這種圖案。

「幹嘛這麼奮力宣傳丸子啊……」

只怕連丸子店見到這件衣服都會感到遲疑吧。就在良彥拿著外套失神之際，黃金也打開給祂的小號盒子，發現了裡頭的櫻餅圖案無袖綿襖，同樣啞然無語。

「……良彥，這是怎麼回事……？」

「不，我也……有點搞不清楚狀況……」

良彥又重新閱讀隨禮物附上的書信，發現第二張信紙上，天棚機姬神用天真無邪的字跡寫著以下字句：

『我想像著差使大人和黃金老爺的開心表情，做出兩位喜歡的東西！』

「喜歡的東西……」

良彥和黃金再度窺探彼此手上的物品，五味雜陳地對望一眼，又輕輕蓋上盒蓋。良彥和黃金不同，並沒有那麼熱愛三色丸子，不過，或許看在天棚機姬神的眼裡是如此吧。

「……也就是說，雖然祂想起了該做令人開心的衣服，但是在這段期間裡，祂已培養出無謂的品味……」

以後祂是否也會將在凡間獲得的最尖端時尚品味發揮在作品之上呢？

「……我寧願是真的食物……」

黃金凝視著盒裡不能吃的櫻餅，喃喃說道。

「哎，也沒什麼不好啊！至少裝的不是毒，而是愛嘛。」

說著，良彥和黃金四目相交，虛脫地笑了。

要點

神明講座 1

現在仍在製作神明的衣服嗎？

根據《倭姬命世記》記載，天棚機姬神有個名叫天八千千姬命的孫女。在奉祀天八千千姬命的三重縣神服織機殿神社境內的八尋殿，每年五月和十月都有身穿白衣白袴的織女使用古代的織布機紡織絹布，用以進獻給伊勢神宮所舉辦的神御衣祭。這是自倭姬迎請天照太御神移駕至伊勢以來代代相傳的儀式，雖然在戰國時代之後曾經中斷了兩百年左右，但現在幾乎是照著原有的形式傳承下來。

順道一提，與神服織機殿神社
成對的神麻續機殿神社織的是麻布，
兩者都是獻給神明的布料。

二尊　單人角力

一

「稻本先生～」

在令人冒汗的初夏氣候中，一名壯年女性在店門前出聲呼喚。聞聲，步道上的高瘦男人回過頭來。

平日的下午三點過後，瀨戶內的田間小徑上幾乎不見人影；貫穿島內東西側的寬廣縣道上，車輛也是寥寥無幾。

「啊，村上太太，妳好。」

看起來既像二十幾歲也像四十幾歲的他，除了個子高這一點以外，沒有什麼特徵，容貌可說是相當平凡。不過這似乎給了旁人一種親近感，每回走在街上，總有居民向他打招呼。他身上穿著顯眼的橘色尼龍運動夾克，右胸上繡著代表農協的ＪＡ標誌。

「你又要去看秧苗田啦？今天天氣很熱，小心點。」

在掛著老舊「小吃店」看板的店門前，口吻悠哉的女性笑咪咪地向他揮手。

「是啊。村上太太也一樣，工作多加油喔。」

稻本對著目送自己的女性低頭致意，再度邁開腳步。這家店供應好吃的海鮮丼，每到假日的用餐時間，觀光客總是大排長龍，但今天這個時段似乎比較清閒。

「話說回來……我好像太鬆懈了一點……」

被稱為稻本的男人喃喃說道，並打量著自己的身體。

離開神域之後，力量衰退的情況似乎更為顯著。男人張握著右手掌確認觸感，又不經意地抬頭仰望天空。五月的天空一片晴朗，但是看在他的眼裡卻帶著沙色，彷彿身在暴風沙中與天空對峙一般。然而，他已經習慣這種景色了。

男人走進行道樹製造的藏青色陰影之中，停下腳步，集中精神。就在他試圖封閉意識之時，一道熟悉的稚嫩聲音插進來。

「啊，JA的叔叔！」

瞬間，男人猛然睜開眼睛，凝聚的力量同時消散，如蒸騰的熱氣一般搖曳消失。

「嗨，優真。」

剛從附近小學放學的小男孩背著嶄新的書包跑過柏油路，書包裡的物品喀噹作響。

「你又要去看稻秧嗎？」

「對。你要一起去嗎？」

「嗯！」

聽見小男孩興奮地回應，男人的嘴角下意識地上揚。

「你的膝蓋怎麼了？」

男人一面帶領小男孩行走，一面望著小男孩細小的右腳。小小的膝蓋上有著擦傷，還滲出了血。

「剛才我和小良他們玩的時候，不小心跌倒了。」

「這樣啊。一定很痛吧？」

「嗯，不過沒關係，這點小傷一下子就好了！」

小男孩仰望男人，露出天真無邪的笑容。他的臉頰上還有淚痕，但男人裝作沒發現。

「是啊。只要吃很多好吃的米飯，一定很快就好了，身體也會變得更強壯。」

「真的嗎？」

小男孩詫異地詢問，男人煞有其事地點了點頭。

「對，稻米是有靈魂的，叫做稻魂，那一定會在你的體內化為力量。」

聽了男人的話語，小男孩讚嘆地說道：

「那我今天要吃很多白飯！」

兩人並排行走的身影映在柏油路上。

⛩

說來說去，大神還是很明理的。

良彥的嘴角帶著笑意，緩緩沉入熱水之中。雖然視野不夠遼闊是很大的遺憾，但這好歹是飯店客房內的溫泉浴室。這裡並不是日式旅館，一般西式飯店的客房裡很少有溫泉浴室，因而這一點也成為這間飯店的賣點。浴室裡打掃得一塵不染，浴缸內側貼著瓷磚，但是邊緣覆蓋著木板，摸起來很舒服。牆上有嵌入式螢幕，可以觀賞電視節目或ＤＶＤ。這個湯浦溫泉不但獲選為溫泉療法醫師推薦的「百大名泉」之一，和奈良時代的光明皇后也有很深的淵源，是個歷史悠久的名泉。

「哎，那不重要。」

不管溫泉是什麼來頭，都不會影響現在良彥體驗到的舒適感。

上上個月，參加香腸摸彩抽中旅行獎項的母親食髓知味，這回把目標轉移到烤肉醬摸彩的旅行獎項上，努力地收集摸彩券。那是前往因生產毛巾而聞名的港鎮——愛媛縣今治市的兩天一夜旅行，溫泉和海味這兩個廣告詞似乎擄獲母親的心；被拖下水的良彥也跟著幫忙把摸彩券從包裝袋剪下、貼到明信片上，而他付出的勞力有了回報。

「沒想到真的中獎了。」

這一定是大神看在自己平日辛勤辦差的份上給予的獎勵。若非如此，旅行指定的日期當天豈會正好爸媽有工作，妹妹也和朋友事先有約，抽不出身呢？再加上，上次只有良彥一個人沒參加旅行，因此這回甜頭就輪到良彥來嘗。

良彥把手放在浴缸邊緣，仰望著熱氣蒸騰的天花板。

烤肉醬製造商的總公司位於今治市，抽獎旅行中也包含參觀工廠之類的宣傳行程；即使如此，這對於良彥而言仍是跳脫日常生活的美好旅行。逛完今治城等景點之後，晚餐是海鮮吃到飽，現在則是泡溫泉。明天是自由活動，在盡情觀光之後，良彥只要自行拿著事先收到的車票回京都即可。這不叫幸福，又該叫什麼呢？雖然有隻毛茸茸的生物不請自來，但是看見軟綿綿的床鋪而興奮不已的祂，也只是在一旁舉行單神彈簧墊大賽而已，良彥尚能容忍。今天就抱持寬容的心接納祂吧。

「黃金，祢也來泡個澡吧？」

飯店提供的毛巾全是觸感舒適的今治毛巾。良彥用毛巾擦拭頭髮，在身心都暖呼呼的狀態下走出浴室，視線停駐在靜靜坐在床上的狐神背部。

「黃金？」

祂剛才還跳得興高采烈，是吃壞肚子了嗎？

良彥再度呼喚，黃金這才帶著五味雜陳的表情回過頭來。

「……我就在想旅行這種好事怎麼輪得到你……」

「啊？」

祂在說什麼？

良彥歪了歪頭，黃金比了比手邊的宣之言書。由於有緒帶相連，即使良彥不想帶來，宣之言書依然會在不知不覺間跑進他的包包裡。

「不過，若是為了讓你前來神社附近，就能理解了……」

——有種不祥的預感。

良彥默默無語地與黃金對望。這是獎勵之旅，是大神為了慰勞平日辛勤辦差的自己而賜予的充電時間——良彥本來是這麼認為。

「……該不會……」

良彥戰戰兢兢地窺探宣之言書，只見上頭有著用淡墨寫成的神名。

「不會吧……」

這段文字無情地對良彥宣告差事的開始。

⛩

「伊耶那岐神和伊耶那美神所生的大山積神，坐鎮於大三島的大山祇神社。祂擁有海神及山神雙方的特質，同時是在這一帶的海域活動的水軍所崇敬的戰神。由於祂的神威非比尋常，因此祂的神社擁有『日本總鎮守』之譽。」

隔天早上，黃金把良彥從被窩裡挖起來，催促他做好前往大三島的準備，因此良彥早早便退房，並在今治站坐上前往大三島的巴士。

雖然港口也有渡船，但是連接今治市與廣島縣尾道市的西瀨戶車道落成之後，船班便減少許多，因此飯店的櫃台人員建議良彥，如果沒有自用車，搭乘巴士比較快。聽他說明得如此流暢，看來造訪大三島的觀光客還挺多的。

「瀨戶內海有許多島嶼，自古以來便是海上交通要衝。據說大山積神就是為了維護治安，才坐鎮於該地。」

良彥一臉不快，一面聆聽黃金的說明，一面眺望車窗外的景色。他本來以為是難得的充電旅行，原來只是為了讓他辦理差事而做的安排。的確，如果直接叫良彥從京都前來愛媛的島嶼，對他的荷包是一大打擊；可是，居然利用烤肉醬的抽獎，大神未免太精打細算。他也想過有母親和妹妹在，這種好事居然還能如此輕易地落到自己頭上頗為奇怪，但是當時他光顧著為了免費的旅行開心，完全沒有起疑。他的確曾不著痕跡地請求大神替他出交通費，但沒想到會以這種形式實現。

「我寧願祂用現金支付……」

良彥恨恨地仰望天空。載著良彥的巴士駛進了被稱為「島波海道」的西瀨戶車道，並橫越了第一座橋——來島海峽第一大橋。良彥原本以為那是一直線連接今治和尾道的橋梁，其實不然，而是由數座橋梁連接起瀨戶內海各島嶼形成的路線。途中的某座叫做大三島的島嶼，便是他這回的目的地。

「……話說回來……」

良彥的注意力被與五月上旬的陽光相互映襯的白色橋梁及一望無際的藍色大海所吸引，但他又想起了昨晚宣之言書上浮現的神名，低聲說道：

「這次出現的神名不是大山積神吧？」

良彥從包包裡拿出宣之言書，確認名字。

「『大山祇之稻精』……這是什麼？不是神嗎？」

乍看之下不像神明。差使的使命應該是替神明辦事，如果誰都能差遣他，他可就真的變成單純的跑腿小弟。

「大山祇神社有個稻子精靈，是大山積神的眷屬。」

黃金一直把肉趾貼在車窗上，著迷地看著瀨戶內的景色，直到這時才回過神來，瞥了良彥一眼，收束心神後清了清喉嚨說道：

「這個精靈和侍奉一言主大神的阿杏不同，常降臨於神事之中，因此備受凡人崇敬。話說回來，其實什麼精靈、神明之類的名號，都是凡人自己取的。」

「唔，這樣啊……」

既然叫稻子精靈，應該和豐收有關吧？那個精靈到底有什麼差事要交辦？

載著良彥的巴士經過了三座島嶼，行駛約一小時之後，總算抵達目的地大三島。

下了巴士一看，左手邊就是神社境內。良彥繞行一圈，看見石造的氣派燈籠和鳥居，以及後方一扇嶄新的木造大門，似乎是最近才重新整修過。時值平日上午，又在瀨戶內海的島嶼這種鄉下地方，沒想到居然有觀光客的身影。

「啊，有田耶。」

穿越鳥居，朝著大門前進的良彥與黃金發現右手邊有個寫著「齋田」的立牌，立牌後則是和網球場差不多大小的寬廣農田。現在尚未插秧，土壤表面仍被草覆蓋著，只有一小部分用竹葉和注連繩圍起來，似乎是在這裡栽種稻秧。現在正好有個看似職員的男性穿著橘色尼龍夾克蹲在旁邊，似乎是在觀察稻秧的發育狀況。

「齋田就是用來種植供奉給神明的稻米，也有人稱之為『神田』。只要是大神社，或大或小都有齋田，尤其以伊勢的神宮神田最為有名。」

黃金來到良彥身邊，望著稻秧解說。

「現在差不多是開始準備插秧的時期了。」

聽到這句話，良彥的心中閃過一絲不安，不禁皺起眉頭。那個稻子精靈要交辦的差事，該不會是要他幫忙插秧吧？

「啊，呃，對不起，打擾一下！」

良彥呼喚齋田邊的男性。他應該是神社的相關人員吧？穿襯衫、打領帶，還穿了件薄夾克。在良彥的呼喚之下，男性略微驚訝地抬起頭來。

「請問這裡是什麼時候開始插秧？應該不是今天或明天吧……？」

良彥沒想到本次差事可能是這類粗活，滿心不安地詢問。男性困惑地站起來答道：

「對，不是這兩天。這裡是舊曆五月五日開始插秧，所以要等到下個月……」

高高瘦瘦的男性其夾克右胸上繡著「ＪＡ愛媛」的標誌。原來農協的人也會幫忙插秧啊？

「先別說這個，你現在看得見我？」

「啊？」

良彥不懂這個問題的意思，目瞪口呆地回望男性。就是因為看見了才跟他說話啊，為什麼這麼問？

「奇怪，我明明已經很小心……」

男性歪了歪頭，頻頻打量自己的手腳。

「要說這件事，爾也看得見我吧？」

黃金從良彥身後走出來，將黃綠色的眼睛轉向那名男性。看見祂的模樣，男性微微地睜大眼睛說：

「咦？這不是京都的方位神老爺嗎？怎麼會跑來這種地方？」

男性又把視線移向良彥，詫異地歪著頭。

「那你是……？要說是眷屬，也太不起眼了……」

面對這個不帶惡意的問題，良彥皺起眉頭。

「真抱歉啊，這麼不起眼。我是差使。」

區區的打工族要怎麼和神明的侍從相比？

良彥再次端詳眼前的男性。左看右看，眼前的男性都只是個平凡的農協職員，但是既然能夠說出黃金的身分，那應該錯不了。

「你就是稻子精靈？」

聽良彥詢問，男性露出飄然不羈的笑容，點頭稱是。

⛩

「重新自我介紹一下，我是稻子精靈，侍奉坐鎮於大山祇神社的大山積神。稻子精靈叫起來不順口，請叫我稻本就好。」

「稻、稻本？」

在面向齋田的御棧敷殿前聽了這番自我介紹，良彥困惑地唸出這個名字。該不會真是ＪＡ

的職員稻本先生吧？

「對，稻本。別擔心，我已經習慣大家這樣稱呼我，聽了我會答話的。」

「不，我不是擔心這個。話說回來，祢說的『大家』是指……？」

「這裡的居民啊。」

稻本的表情活像在問「有什麼不對嗎」，使得良彥略感混亂，不禁伸手抱住頭。稻子精靈是這麼友善的神嗎？

「祢就以這副打扮四處走動？」

黃金有點傻眼地問道。過去良彥也遇過打扮成人類出外走動的神明，但這是他頭一次遇見連名字都取得和人類一樣的神明。

「倒也不是四處走動。起先我只是偶爾配合凡人的磁場，參加農家的聚會或是參觀農機具的展示會……」

稻本盤起手臂思索，繼續說道：

「雖然過去這座島因為大山積神坐鎮而聞名遐邇，舉凡源氏、平氏等知名武將都曾前來這座神社參拜。但是隨著時光流逝，敬神的人越來越少，神威也像剝去一層層薄皮一樣逐漸削弱，而我的力量似乎也跟著衰退。最近我只要一鬆懈，便會被凡人看見……」

聽了這句話，黃金瞪大眼睛說：

「祢居然說得這麼灑脫！如果是刻意配合凡人的磁場也就罷了，一鬆懈就被看見，這可是很危險的事！」

「是啊，所以我才穿上JA的夾克，這樣就算被人看見，凡人也只會我把當成普通的農協職員。」

「原來祢這身打扮是這個意思！」

良彥忍不住大叫。他本來以為稻本是因為過於熱愛稻米才這樣打扮，沒想到其實是基於現實的理由。

「這座島上看過我的人，都把我當成是今治市JA派來的人。」

稻本依然不動如山，帶著喜怒不形於色的表情若無其事地說道。

「我是見過化身成人類吃吃喝喝或賣衣服的神明啦，但這種類型的倒是第一次遇見……」

而且還假扮成JA的職員。身為稻子精靈，這種選擇實在太正確了。

「不過，大家這麼認為，對我而言反而方便。我因為工作的緣故，常待在這片齋田或其他農地裡。」

稻本望著種植稻秧的齋田。

「這裡是由耕作齋田的農家負責管理，所以我不會拜託差使大人幫忙翻土，請放心。」

聽了稻本這句話，良彥頓時鬆一口氣。如果稻本真的交辦這種差事，他也只能照辦；現在得知不用做，自然是再好不過。

「那麼爾要交辦什麼差事？」

黃金又搶在良彥之前發問。

「既然宣之言書上頭出現爾的名字，應該是有差事要吩咐差使去辦吧？」

「祢又搶在我的前頭……」

「這種事本來就該快點問。」

「我說過，我有我的步調！」

良彥清了清喉嚨，收拾心緒，轉向稻本開口。

「就是這樣，祢有什麼困擾嗎？」

既然有差事要交辦，鐵定是有什麼困擾，不知這回祂要吩咐些什麼？生長在上班族家庭裡的良彥，幾乎沒有稻作相關知識；談到稻米的品種，他也只想得出越光米。不知這樣的他能不能幫上忙？

「差事啊……」

稻本垂下視線，略微思索之後，才緩緩開口說道：

「……不瞞你說，剛才我也說過，舊曆的五月五日會在這片齋田舉辦御田植祭。從前還有流鏑馬（註2），但是現在已經沒有了。神轎出巡之後，經過淨化儀式，再由附近聚落選出的農家姑娘們親手插秧……」

所以祂是希望能夠重新舉辦流鏑馬嗎？還是缺少扛神轎的人手？總不會是受到少子化的影響，要差使扮成農家姑娘吧？就在良彥進行各種臆測時，稻本繼續說道：

「在這個時候，會舉辦一種叫做單人角力的神事。」

「單人角力？」

良彥忍不住反問，稻本望著他的眼睛點了點頭。

「對。由稻子精靈，也就是由我和凡人比賽相撲。不過，哪方獲勝是事先決定的，只要精靈以兩勝一敗獲勝，那一年便能夠大豐收。」

「咦？可是人類看不見稻本先生吧……」

註2：平安時代後期至鎌倉時代盛行的騎射活動，現在成為神事的一種。

說到這裡，良彥恍然大悟。

「哦，所以才叫單人角力？」

良彥意會過來，稻本微微一笑。

「對，正是如此。在儀式上，凡人的相撲力士會在行司（註3）面前裝出和稻子精靈相撲的模樣，時推時抓，或是擺出挺著不被摔出去的姿態。換句話說，就是演默劇……不過，其實我每年都有上場。」

稻本擺出抓腰帶的姿勢，繼續說道：

「說歸說，因為結果一定是我贏，所以我只是配合凡人的動作而已。也因為這個緣故，我開始膩了……」

「這是神事吧！就是得沿襲傳統形式啊！別說什麼膩不膩的行不行！」

「可是我一直贏耶。」

稻本依然維持不似神明的飄然態度，盤起手臂。

「但是如果我輸了，那一年又會歉收，所以也不能輸……不過一直贏又很無聊……」

稻本裝模作樣地垂下眼睛，做出沉思狀，隨即又抬起頭來，轉向良彥。

「就是這樣，差使大人，能否請你和我全力比一場相撲？」

面對這個乾脆又突然的請求，良彥忍不住反問：

「比賽相撲……？」

這該不會就是這回的差事吧？

稻本對困惑的良彥點了點頭。

「對，而且我希望你能打敗我。」

聽到這個要求，良彥和黃金面面相覷，只有包包裡的宣之言書心滿意足地散發出受理差事的光芒。

二

「比相撲想輸，這種要求也未免太奇怪了吧！」

註3：相撲比賽的裁判。

在只有電視機和桌子的三坪小房間裡，良彥坐在老舊的白色坐墊上如此大叫。

聽完稻本交辦的差事之後，良彥認為打鐵趁熱，便當場畫了個即席土俵，和祂比賽相撲，誰知僅僅數秒，良彥就被祂輕易地摔出去。良彥本來以為稻本個子高，重心也比較高，對自己有利，誰知一下子就被祂抓住牛仔褲的皮帶，摔落地面。

「所以我不是說了？」

黃金無奈地嘆一口氣，望著良彥。

「凡人和精靈比相撲，怎麼可能贏得了？」

「話、話是這麼說啦，可是祂都說祂想輸了，我還以為祂會放水，誰知道祂居然使出全力摔我……」

「正直是精靈的長處，也是短處。祂是不會放水的，所以才要拜託差使啊！」

「……意思是叫我當砲灰？」

「隨你解釋。」

良彥把視線從黃綠色的眼睛移開，嘆一口氣。比起慘敗這件事，體力的衰退更讓良彥感到失落。與其如此，不如去幫忙插秧，體力可能還沒有消耗這麼多。

「祂說祂的力量衰退，只要一鬆懈就會被人類看見，我還以為祂是要我解決這件事……」

之後良彥為了爭一口氣，又嘗試許多次，卻像個嬰兒一樣被稻本輕易打敗，連要把祂逼到土俵邊緣都做不到。

「輸了就別怪東怪西，很難看。何況，如果祂交辦的是你說的差事，你就辦得到嗎？」

被黃綠色眼睛這麼一瞪，良彥皺起眉頭，閉上嘴巴。的確，良彥不認為自己辦得到那種事，但為什麼是比賽相撲啊？

「……應該不是因為力量衰退，祂才覺得比賽相撲無聊吧……」

良彥縮著背，沒規矩地把下巴放在桌上。他被稻本摔得全身上下都是擦傷，雖然之後稻本替他上了藥，但要是進浴室洗澡，鐵定會痛得哇哇大叫。

而且，由於良彥連一次也沒贏，無法完成差事，所以不得不在這座島上過夜。稻本介紹的民宿「楠木」位於神社附近的馬路邊，客房裡既沒有廁所也沒有浴室，可說是相當復古；不過包含早晚餐只要五千圓，以這個價格而言根本沒得挑剔。雖然房間只有三坪，小得讓良彥不禁懷疑昨天住的飯店是不是夢，但是權衡回京都以後再跑來的時間和金錢，這樣已經很划算了……良彥只能這麼想。

「的確，那個稻子精靈總是飄然不羈，難以捉摸。」

黃金在極薄的坐墊上瞇起眼睛，望著窗外的夕陽。

「『比相撲想輸』這份差事或許也是出於其他理由……不過我想不出個道理來。反正其他理由或許打從一開始就不存在，多想也無益。」

看來黃金和他有同樣的看法。良彥再度吐出的嘆息，讓桌面蒙上一層霧氣。或許別想太多，全力完成差事才是最好的辦法。

「先吃飯吧！我餓了……」

良彥無力地說道，站起身來。

民宿的晚餐是晚上六點至八點之間在餐廳供應，因此良彥來到一樓的餐廳。白天這裡似乎是房客以外的人也能消費的小吃店，牆上貼著生魚片套餐等菜單。四人座的小桌子共有四張，牆邊則有五個單人座。牆壁的汙漬和椅子的裂痕讓人感受到悠久的歷史，但是地板和桌面都擦得一塵不染。

「啊，萩原先生，晚餐馬上就準備好了。」

打理這間民宿的老闆娘看來大約六十幾歲，她立刻替良彥帶位。由於時值平日，聽說除了良彥以外只有兩組客人，但是良彥並未在餐廳裡看見他們，反倒是有個小學低年級年紀的小男孩坐在角落的桌邊默默扒飯。

「對不起，那是我孫子。因為他媽媽懷了第二胎，這個月就要生了，所以他晚餐都是在這裡吃的……」

老闆娘察覺良彥的視線，一臉抱歉地說。

「沒關係，我臨時住進來，才該道歉。」

食材存量應該是個問題，但是老闆娘二話不說就答應讓良彥住宿，令他很是感激。面對良彥的道謝，老闆娘笑著表示不客氣，走進了廚房。

目送她離去之後，良彥在小男孩隔壁的桌邊坐下，而小男孩也在同時拿著空的飯碗站起來，駕輕就熟地去電鍋邊添飯，接著又回到原位。去年年底認識的斜對面鄰居友弘，今年春天剛升上小學二年級，應該和這個小男孩同齡吧。

「你的膝蓋怎麼了？」

看見走來的小男孩膝蓋上有擦傷，良彥如此問道。話說回來，良彥今天也弄得渾身是傷。

「昨天跌倒。」

小男孩重新往椅子坐下，把那雙純真的眼睛轉向良彥。雖然答得很簡潔，但他並不怕生，而是看著良彥的眼睛回話。

「這樣啊？和我一樣。」

良彥給小男孩看看他手臂上的傷痕，露出笑容說道。正確說來，這些傷不是跌倒，而是被摔出來的。

「最近這孩子都和大哥哥一起玩，玩得太瘋了，常常受傷。」

從廚房端來餐點的老闆娘一面苦笑一面說道：

「真的很調皮，傷腦筋。」

老闆娘送來的餐點是鯛魚飯和生魚片拼盤，小砂鍋裡則是鍋燒燉菜，除了這些以外，還有良彥不熟悉的鹽烤海豬魚、小番茄沙拉、裝在小碟子裡的金平牛蒡絲，以及蛤蜊味噌湯、醃菜，甚至還有哈密瓜當甜點。這麼豐盛的餐點加上住宿費只要五千圓，良彥不禁擔心起店家有沒有賺頭了。

「因為小良跑得很快，小達很會爬樹，小正力氣很大。」

小男孩拿著碗，滔滔不絕地說道：

「每次都是我吊車尾，被罰提書包。」

見小男孩嘟起嘴巴這麼說，良彥忍不住笑了。同樣身為男人，良彥很能理解小男孩崇拜大哥哥的心情。

「這樣啊，那你要好好加油喔。」

「嗯，我要好好加油。」

小男孩認真地點了點頭，繼續扒飯。

「再過不久，優真也要當哥哥了，卻還是這樣毛毛躁躁的……」

老闆娘無奈地嘆一口氣，又發現餐廳裡來了新客人，便迎上前去，熱情地招呼。

「我倒覺得男孩子多少受點傷比較好。」

良彥一面敷衍興味盎然地盯著生魚片的黃金，一面看著名叫優真的小男孩。雖然他現在過著成天打線上遊戲的繭居生活，但他少年時代可是天天打棒球，很活潑的。

「大哥哥，你也是都吊車尾，正在加油嗎？」

小男孩指著良彥手臂上的傷痕問道。面對這記出其不意的攻擊，良彥險些被擊垮。為什麼小孩都是這樣毫不留情？而且他無法斷然否定，這才是最痛苦的一點。

「豈止吊車尾，根本一無四──」

黃金喃喃說道，良彥硬生生抓住祂的鼻口，讓祂閉嘴。

「是啊，我也得加油……」

小男孩那句話可說是正中核心，良彥心有戚戚焉地說道，啜了口蛤蜊味噌湯。蛤蜊高湯的香味直竄鼻腔，讓良彥窺見大海的景色。

「那我告訴大哥哥一個很好的祕方！」

小男孩靠過身子，小聲說道：

「吃很多白飯，身體就會變強壯。」

「……真的假的？」

良彥也配合小男孩，小聲反問。

「嗯，這是ＪＡ的叔叔講的，絕對錯不了。」

小男孩一臉認真地點頭。那個叔叔是誰良彥心裡有數，便又再次詢問，加以確認。

「那個ＪＡ的叔叔，是不是長得高高瘦瘦、常穿著橘色夾克？」

「嗯。」

「然後常待在神社的齋田裡？」

「嗯，沒錯。你也認識叔叔啊？」

優真帶著純真的眼神點頭，又歪了歪頭。

「啊，不……只是我今天有看到這樣的人。」

良彥笑著打哈哈，接著扒了口鯛魚飯。看來稻子精靈和島上的居民也有交流這件事，似乎是真的。

⛩

不知從什麼時候開始，祂變得心如止水。

那和平靜不同，而是像一條永遠平坦、沒有起伏的道路；就像是一片空無一物的荒野，在內心深處無限延伸一般。

即使看著凡人每天努力生活、感受著植物及生物的季節活動，甚至連眺望隨著秋風搖曳的金黃色稻穗時也一樣，雖然覺得美麗，卻又感覺像在觀賞褪色的風景。

彷彿一切都沉入沙色的景色裡。

祂在坐鎮神之島的大山積神身旁，接受凡人的奉祀與豐收祈禱，參加必勝無疑的相撲比賽。但曾幾何時之間，稻本開始感到空虛。祂明明很喜歡接觸凡人，也很期待相撲比賽，但是不知不覺間，一切都變得乏味至極。

「……咦？」

十月上旬，再過幾天就是拔穗祭。齋田裡的稻子染成金黃色，並垂著結了穗的頭，沉甸甸地搖曳著。這場感謝收穫的祭典也和御田植祭一樣，會舉辦單人角力神事。正當稻本一面望著染上夕陽餘暉的稻穗，一面考慮這回要不要旁觀就好的時候——

「嗚哇哇哇哇！」

有個小孩在齋田邊抽泣，也不知道是什麼時候跑來的。他背著比自己的背部還大的書包，穿著預留發育空間而大一號的長袖制服。

「嗚哇哇哇哇哇！」

他應該是附近經營民宿的那戶人家的孫子吧？今年春天似乎剛進小學讀書。聽附近的太太們說，他的母親最近懷了第二胎，害喜的情況很嚴重。

雖然認出了小男孩的長相和來歷，但是稻本不知道自己該怎麼做，因而望著嚎啕大哭的男孩好一陣子。傍晚的神社裡已經沒有香客，職員們也忙著辦理行政業務，可是，由身為精靈的自己出面關心小男孩，似乎又不太妥當。正當祂反覆思量之際，小男孩的視線突然在換氣時和祂對上了。

濕潤的眼眸在夕陽的照耀之下，宛若黑曜石一般閃閃發光。

明知小男孩應該看不見自己，稻本卻有種被那雙稚嫩雙眼貫穿的感覺，不禁屏住氣息。

「……嗚哇哇哇哇哇！」

不久後，小男孩又繼續哭泣。

稻本緩緩地吐了口氣，這才站起來，一面配合凡人的磁場一面走向小男孩，開口詢問：

「怎麼了？」

「我、我被丟下來了。」

小男孩一面抽噎，一面斷斷續續地說明。

彙整小男孩的一番話，似乎是他和大哥哥們一起玩耍，結果被丟下不管。不過，這座島上的小孩不多，彼此間的關係還算良好，其他人應該不是因為嫌棄他而把他丟下，只是走散而已。小孩之間即使僅差一歲，體格和體力仍然有很大的差距。

「先冷靜下來吧。哭很耗體力，只會讓你更累。」

稻本冷靜地說道，並環顧四周。如果那些大哥哥們發現小男孩走失，應該會來找他，但目前還不見人影。

「你還小，不用勉強跟大孩子玩啊。」

雖然人數不多，但島上不是完全沒有和小男孩同齡的孩子。既然會被擱下，何必硬要跟著大孩子玩呢？

小男孩稍微冷靜下來，吸了吸鼻子，又用制服衣袖粗魯地擦拭臉頰上的淚水。

「我也想跑得和小良一樣快……」

小男孩一字一句地繼續傾訴：

「還想學會爬樹，拿、拿得動很重的書包。」

說著，他的眼眶又濕了。

「我想快點長大，變得更強。」

稻本懷著不可思議的心情凝視著小男孩。

凡人的時間有限，每個人都是打從呱呱墜地的那一瞬間，便開始步上返回幽冥的道路。若是祈求長壽倒也罷了，為何會希望快點長大？他究竟是為了什麼想變強？

稻本思索片刻，朝著隨初秋的風搖曳的稻穗伸出手。

「你知道稻子嗎？」

祂小心翼翼地摘下一顆飽滿的稻穗，放在掌心。

「稻子……？」

小男孩一面抽噎一面反問。

「對。這裡的所有稻子都是由稻種發芽的秧苗栽種而成。」

隨風搖曳的稻穗沙沙作響，宛若一陣騷動。

「雖然現在結了這麼多稻穗，但它們本來都只是一顆小小的種子而已。這一顆小小的種子生長茁壯，結果變成這麼漂亮的稻穗。」

連稻本也搞不清楚自己究竟是想安慰小男孩，還是想說道理給他聽。然而，當祂把稻種放在小小的掌心上之後，小男孩睜大了眼睛凝視著它。

「這麼小的種子可以變成那樣？」

小男孩又比剛才更平靜一些，談話之間不時吸著鼻子。

「對，植物都是這樣，種子很小，但是生長過後就會變大。」

聽了稻本的話，小男孩濕著眼眶，不可思議地比較著種子和稻穗，不久後，那雙黑曜石般的眼睛捕捉住稻本。

「好厲害喔！」

見到這突如其來的無邪笑容，稻本一瞬間有種周圍突然變得五彩繽紛的錯覺。

「這麼小的種子也能變成那麼大啊！」

小男孩目不轉睛地凝視著種子，臉上浮現朝氣蓬勃的表情，彷彿剛才從未哭泣過一般。

「……對，所以你也不用心急。」

稻本回過神來，眨了眨眼。

「雖然你現在還小，但是總有一天會長大，也會變強。」

聽了這句話，小男孩略微不安地仰望稻本。

「真的嗎？」

「……對，一定會。」

稻本點了點頭，但是依然不明白小男孩為何有這種心願，而且這件事讓祂的胸口產生一陣鈍痛。

「喂～優真！」

此時，前來尋找小男孩的高年級生出現在鳥居附近。

「原來你在這裡，我們找了好久。回家吧！」

見到要好的大哥哥們，小男孩的臉龐瞬間亮起來。

「謝謝你，叔叔！」

臨走之前，小男孩向稻本道謝，稻本也微微揮手致意。在高年級生的包圍下，男孩看起來顯得更為矮小。

稻本目送他離去後，突然陷入沉思之中。

那個小男孩一心追求的「強」究竟是什麼？而「弱」又是什麼？

從前清晰的思緒現在也像暴風沙彼端的景色一樣模糊不清，染成了沙色。

如果知道答案，這片景色是否會變鮮豔？

就像那個小男孩眼中映出的世界一般，充滿純粹的色彩。

⛩

「我不懂輸的懊惱。神事中的相撲比賽總是我贏，我也沒和別人爭過什麼。」

來到島上的隔天，良彥在上午再度造訪神社，和稻本比賽相撲。

「而且，我不懂想變強的心理。就連我究竟是不懂，還是忘了，我都不知道。」

良彥帶著渾身的跌打損傷和稻本撞在一起。他脫掉在沙子上會打滑的布鞋赤腳應戰，這回不再依靠蠻力，而是時推時拉，使用假動作，但還是被稻本輕輕鬆鬆地摔出去。良彥曾用智慧型手機查詢過相撲的致勝招式，但是一時之間根本無法實踐。

「所以我在想，如果全力比試以後輸了，或許我能理解這種心理。」

吃了好幾次沙的良彥一臉不悅地站起來。像這樣被一路壓著打，挫折感越來越重，但相對地也萌生一股說什麼都要打贏祂的牛脾氣。

別的不說，對於沒什麼專長或證照，唯一擅長的棒球也因為身體因素而必須放棄，剛進公司一年便離職，而後寄生在家中的良彥而言，稻本這番話根本是強者的無病呻吟。

「祢是精靈，不是人類，我知道祢的疑問不帶任何惡意……」

良彥擦拭滴落下巴的汗水，調整紊亂的呼吸，又安撫似地摸了摸微微顫抖的右膝舊傷。

「為什麼祢會突然想了解這種事？」

面對這個問題，稻本閉上嘴巴，面露思索之色。這一瞬間，飄然不羈的氣息似乎從祂的表情消失，良彥不禁微微瞪大眼睛。

「……有個凡人說他想變強。」

然而下一瞬間，祂又恢復平時那種難以捉摸的表情。

「我被凡人看見的時候，會順便和對方閒聊。」

「祢是不是樂在其中啊？」

對於力量衰退、一鬆懈就被凡人看見的情況，稻本似乎不怎麼困擾，甚至還有種歡迎至極的味道。

「話說回來，祢怎麼不找大山積神比賽相撲？祂一定可以把祢打得落花流水吧？」

「豈敢？我怎麼能拿這種事勞煩大山積神老爺呢？」

「這種事？」

「再說，身為名神的大山積神和我這尊區區的精靈力量相差太大，根本不成勝負。雙方全力以赴，才是重點。」

「所以就找上我？」

「我認為力量衰退的精靈和身為凡人的差使大人比試，應該剛剛好。」

稻本的言行舉止雖然彬彬有禮，卻不說客套話，更不拐彎抹角。面對這樣的祂，良彥不禁低聲沉吟。由於祂沒有任何惡意，因此良彥無法吐嘈。

「所以得請差使大人多加油。好，再一次。」

稻本拍了拍手，站上土俵的開始線，再度呼喚良彥。

「祢也稍微放一下水嘛！」

「不行，要全力以赴。」

雙方一面鬥嘴，一面展開不知第幾次的比試。

「之前我就覺得祂那張飄然不羈的厚臉皮似乎變得更厚了。」

當良彥和稻本在齋田之前比賽相撲時，黃金造訪了位於拜殿深處的本殿。被指定為國家重要文化財的本殿屋頂是採三間社流造（註4）設計，而且與出雲大社一樣是檜木樹皮屋頂。

「不管跟祂說什麼都是一副滿不在乎的樣子。哎，但祂本來就是這種個性，所以我也沒放在心上。這樣啊，祂說比相撲想輸？」

本殿旁的攝社之前，一名老翁因為五月晴空灑下的陽光而瞇起眼睛。老翁和神職人員一樣身穿白衣白袴，有著一頭整齊的白色短髮和一樣顏色的小鬍子；雖然說話的口吻很悠哉，雙眼深處卻閃耀著一旦有任何狀況時，就會變得冷酷的光芒。

祂正是坐鎮於擁有「日本總鎮守」之譽的神社之神。

黃金在腳邊捲起蓬鬆的尾巴，用黃綠色眼睛望著祂。不時有香客在拜殿彼端合掌參拜，想當然耳，他們並未發現內側的黃金等神。他們壓根兒沒想到，會有兩尊神在那兒一面曬太陽一面聊天。

「祂是尊難以捉摸的稻精，祂的差事我也無法理解。為何交辦這種差事呢？」

辦理差事的是良彥，與黃金無關；但是要良彥和精靈比賽相撲並取得勝利，簡直是難如登天。更何況良彥既不是力士，也不是格鬥家，只是個膝蓋受傷的打工族。如果單純按照字面意思解讀差事，只怕良彥花上好幾年也無法達成。

聽了黃金的話，身為稻本主人的大山積神放聲大笑。

「祂的性子本來就拗，絕不會把真正的煩惱說出口。明明說出來會輕鬆許多，但祂就是愛擱在心裡，總想獨力解決。」

大山積神在攝社前的階梯坐下來，仰望天空。

「力量衰退是一件很殘酷的事。那小子是從重要的物事開始喪失，記憶就像被沙塵捲走一樣。雖然在小男孩的眼底窺見片鱗半爪，卻怎麼也想不起來。」

「就連稻子精靈也被捲入遺忘的漩渦啦……」

黃金喃喃說道，大山積神嘆了口氣笑道：

「不光是祂，總有一天，我也會變成那樣。」

雖然祂坐鎮於伊予國一宮（註5），自古以來便是神威顯赫的名神，但隨著時代流轉，人們

註4：流造是日本神社建築樣式的一種，主要特徵為屋簷上翹，且正面的屋簷較長。三間指的是正面有三個柱間，亦即有四根柱子。

註5：「伊予國」為日本古代的令制國之一，範圍即是今日的愛媛縣。層級最高的神社稱為一宮，其次為二宮，以此類推。

逐漸遠離神社，祂也受到不小的影響。

「回想起來，這裡是我的子孫小千命建造的，小千的名字也成為越智這片土地的名字（註6）；但如今因為市町村合併，已經沒有越智這個郡名。只怕隨著時光流逝，將會被人們漸漸遺忘吧。」

這也是時代的潮流啊——大山積神緩緩地吁了口氣。

「希望這座島保持不變，可是我的奢求？神氣降臨的山、流走所有罪愆的海、人情味濃厚的凡人所在的這座島，正是我的樂園。」

過去被稱為神之島的這座島嶼長期以來禁止捕魚，雨量也不多，河川規模又小，水資源相當匱乏；周圍的海域漲退潮時的落差太大，潮流急遽，小船根本難以抗衡，對於人類而言並不是一塊容易居住的土地。

然而，人們依舊能夠在此生活，全是因為有神明守護之故。

而神明坐鎮於這座島嶼，是因為有人奉祀之故。

神與人在保佑及被保佑的狀態下生活，這是自古以來延續至今的天理。

黃金也曾依循這種天理，善盡職責。

「黃金兄，要不要來小賭一把啊？」

大山積神的聲音將黃金從不明確的記憶之海中拉回來。

「賭賭看是那個拗性子會贏，還是差使會贏。」

有名神之譽的神像個邀人一起惡作劇的孩子一樣笑著。

黃金略微傻眼地動了動耳朵。

「凡人豈能勝得過精靈？」

「那麼爾要賭差使輸囉？」

「我是說，這根本賭不成。」

黃金嘆一口氣如此回答，突然又眨了眨眼，改口說道：

「……不，我賭差使贏好了。」

聽黃金這麼說，大山積神意外地睜大眼睛。

「在古日本以金色恐怖聞名遐邇的爾居然會支持凡人，真讓我意外。」

「我並不是支持他，只是覺得那小子或許辦得到。」

註6：日文的「小千」與「越智」同音。

和良彥一起行動了幾個月，黃金常看見這個沒讀過《古事記》和《日本書紀》，也不知道神名和其職責的凡人，單單因為無法坐視眾神有難，便四處奔走，替祂們辦理差事。

「即使他贏不了相撲，或許贏得了比賽。」

大山積神興味盎然地看著如此訴說的黃金。

「那小子就是這樣的人。」

黃金淡然說出事實。良彥向來主張行動更勝於理論，或許他能用黃金意想不到的方法完成稻子精靈交辦的差事。

「我原本以為爾改變的只有外貌，沒想到會從爾的口中聽見這番話。」

大山積神帶著促狹的表情，裝模作樣地感嘆。

「為免誤會，我話說在前頭，是大神把隱居中的我拖出來的。」

黃金嘆了口氣。祂至今仍然不明白，大神是出於什麼用意而選祂做為第一尊交辦良彥差事的神明。

黃金想著仍在齋田前與稻本比賽相撲的良彥。

「……不過，遊賞凡間其實也不壞。」

對於那個平凡無奇的凡人會用什麼手法達成差事，黃金居然有些期待，而這樣的自己讓祂著實感到不可思議。

⛩

「你又跌倒啦？」

連續輸給稻本、不得不繼續住下來的良彥，正在民宿的餐廳裡靜靜吃著晚飯時，優真抱著算術習題出現了。

「也不是跌倒……應該說是被摔倒……」

良彥一面啜飲味噌湯，一面支支吾吾地回答。繼昨天之後，良彥今天又向稻本挑戰好幾次，但是稻本依然穩如泰山，只有良彥一個人摔得渾身是沙。他本來以為比相撲取勝不難，但他再不想個辦法，打工薪水全都會耗在民宿費用上。

「你還是老樣子，只會從正面進攻，簡直和山豬沒什麼兩樣。」

黃金一面啃著從良彥盤中搶來、當飯後甜點的日向夏橘，一面深深地嘆一口氣。

「我還以為你擬定了什麼作戰計畫，誰知道一整天都只是橫衝直撞……看來是我太過高估你了。」

黃金感嘆地搖了搖頭。

「像山豬礙著祢啦？」

良彥小聲嘀咕，拿走一半的日向夏橘。他用左手制止驚叫的黃金，把橘子放進口中。

「是誰把你摔倒的啊？」

優真自然沒發現良彥和狐神之間的攻防戰，在良彥身旁坐下來，興味盎然地詢問。

「呃，該怎麼說呢？這算是修行啦！修行。我和一個很強的人在對打，而我必須贏過那個人才行。」

「那個人那麼強嗎？」

「嗯，超強的。」

良彥一本正經地說道。

「可是我趕著回家，得快點贏才行。」

他的打工班表已經排不開了。雖然這座島和這間民宿住起來很舒適，但是他的荷包越來越扁，實在傷腦筋。

面對口吐怨言的良彥，優真靈機一動，打開他的戰隊圖案鉛筆盒，拿出一個繪有柳橙圖案的小盒子。裡頭應該是口香糖之類的小零嘴吧？

只見他小心翼翼地將盒中內容物放在掌心上。

「我跟你說喔，我們現在還是小小的一顆。」

「咦？什、什麼意思？」

從口香糖盒子中出現的是一顆種子。良彥只看過精米，因此花了一點時間才發現那顆種子其實是米。

「可是以後就會長大變強，所以現在不用心急。這是JA的叔叔跟我說的。」

優真珍惜地望著種子。

「……JA的叔叔？」

良彥腦中萌生一種預感，喃喃反問。莫非稻本所說「想變強的人」就是優真？良彥重新打量露出無邪笑容的優真，似乎窺見優真與稻本之間不為人知的情誼。

「可是我也沒時間了，當然會心急啊。」

優真小心翼翼地收起種子，嘟起嘴巴。

「我跑步的速度很慢，也不會爬樹，而且猜拳猜輸幫大家提書包的時候，沒有多久手就開始痛。」

聞言，良彥忍不住笑了。他對這種懲罰方式有印象，從前在放學回家的路上，也常和朋友一起玩這種「提書包提到下一根電線桿為止」的小遊戲。

「哎，不過，擁有想變強或想長大的心是一件好事。畢竟是男孩子嘛！只要變強，打架就不會輸，也不怕被人欺負。」

在孩提時代，光是跑步跑得快，就足以成為英雄。就某種意義而言，崇拜大哥哥們、希望自己也快點變得和他們一樣，是很健全的心態。

「呃，可是我不想打架啊。」

聽了良彥的話語，優真有些困擾地皺起眉頭。

「我沒叫你去跟人家打架，只是說變強就不會輸……」

良彥正要解釋，卻又猛省過來地抬起頭。

「話說回來，你為什麼想變強？」

良彥一直以為是出於男孩的崇拜之情，莫非其實是有什麼理由？

在良彥的詢問下，優真愣了一愣，極為自然地說道：

「因為變強就可以——」

三

天亮前的神社一片幽靜，似乎連茂密的樹木及石頭都屏氣斂聲。

日出前的冰涼空氣混著些微潮水味，良彥脫掉布鞋，用腳捕捉冰冷的沙子，並凝視自己的掌心。

在成為差使之前，良彥以為這隻手抓不住任何東西。

從社會框架中脫落，喜愛的事物也被奪走，只能茫然看著日子一天天過去——面對如此軟弱無力的自己，他一直自艾自憐。

——不過，現在有點不同了。

良彥靜靜握住拳頭，確認這種想法。

現在的他比任何人都更能深切地感受到：即使是自己這雙軟弱無力的手，也能為別人盡一份心意。

正因為知道自己軟弱，才懂得相互扶持。

「早安。」

稻本看見在齋田前等候的良彥，向他打了聲招呼。

「大清早就叫我來，怎麼了？我是無所謂，不過凡人不都會賴床嗎？」

穿著平時的ＪＡ夾克前來的稻本不住打量一臉沒睡飽模樣的良彥。

「啊，因為我等不及了。」

昨晚良彥鑽進被窩之後一直睡不著，便拜託黃金約稻本出來。現在的時間是凌晨四點半，周圍已經變亮，再過不久太陽應該就會升起。

「總之，先比一場吧！」

說著，良彥催促稻本進入土俵中。

「雙方都準備好了嗎？」

擔任行司的黃金確認過後，良彥和稻本便配合著彼此的呼吸，把手放在開始線上，猛然衝向對方。

雖然良彥使盡渾身之力猛撞過去，但是稻本仍舊穩如泰山；即使身體整個往後滑，重心依然保持穩定，沒有一絲晃動。接著，祂又是推落、又是拍打、又是抓摔，轉眼間就打倒良彥。良彥想掃稻本的腿，卻被祂避開；想反過來引祂撲空而往後退開，卻又被祂識破，最後落得同樣的下場。

「怎麼？特地叫我出來，我還以為你想出什麼一擊必殺的絕招對付我，結果還是和以前一樣嘛。」

良彥被摔出土俵外，一面喊疼一面起身，稻本則是掃興地嘆一口氣。

「祢果然很強。」

良彥面露苦笑，拍掉衣服上的沙子。很遺憾，他既沒絕招也沒戰術。

「雖然我的力量已逐漸衰退，但畢竟仍是精靈，不會輕易輸給凡人。我不是說過嗎？要全力以赴。」

「是啊。」

良彥嘿嘿笑著，護著右膝走回土俵中。黃金若有所思地凝視著這樣的良彥。

「我和祢不一樣，我很弱。不光是力氣，我沒有社會地位，腦筋也不好；雖然從前對棒球小有自信，現在卻變成這副德行。」

良彥指著自己的右膝繼續說道：

「不過，現在的我有了目標。」

良彥重新畫下開始線。

稻本詫異地凝視著他，凝視著屢敗屢戰的弱小凡人。

「一開始被指名當差使時，老實說，我很困惑，也覺得很麻煩，不懂得為何會找上我。不過，如果這樣的我也能派上用場、也有人需要，就算我對於歷史和神明一無所知，我還是必須去做。」

這也是繼承祖父的遺志。

雖然右膝依然疼痛，但是從那一天起，他開始邁步前行；雖然為數不多，但是他用這雙手抓住了緣分，也獲得感謝。這些經驗毫無疑問地化為良彥的力量，而這股力量或許又可以稱之為明確的助人意志吧。

「我是個平凡的人類，沒有天眼、沒有超能力，也沒有任何權勢……不過，看見別人有困難，總不能袖手旁觀嘛！」

良彥一面確認腳下，一面捲起衣袖，笑著說道：

「我想，這和祢的力量應該是一樣的。」

「一樣的……？」

稻本一頭霧水地複誦。

良彥拜託黃金從頭來過，和稻本再比一次。

良彥覺得自己就像和一面有彈力的牆壁對打一樣，完全沒有勝算；即使如此，現在除了繼續挑戰，別無他法。

「……想變強……」

良彥抓著稻本，擠出聲音來說道：

「不只是為了打架變得更厲害，或是想給囂張的人一點顏色瞧瞧……」

稻本的腳微微滑動，但祂不發一語，一面抵擋良彥一面傾聽。

「祢認識優真吧？他跟我說的。」

良彥重複昨晚優真在餐廳裡對自己訴說的話語。

「變強，就能夠保護別人。」

「……保護別人？」

稻本靜靜地輕喃。

「他是為了保護快出生的妹妹，才想要變強。」

聽到這句話，稻本愕然睜大雙眼。

優真不是為了趕上大哥哥們，不是出於男孩常見的崇拜之情，而是源於——

他想保護即將出生的妹妹。

這種幼小哥哥的使命感。

瞬間，良彥感覺到稻本重如岩石的身體突然變輕，猶如重心突然浮起的不安定感傳到良彥的雙手上。良彥趁機抓住祂的皮帶，使盡渾身之力，從內側勾祂的腳。

看見這招初次奏效的攻擊，旁觀的黃金忍不住探出身子。在祂的面前，稻本修長的身軀歪斜，背部整個落地。

「成、成功了……」

跟著倒在稻本身上的良彥氣喘吁吁地撐起身子，滾到一旁躺下。擦傷自然是不用說，他的右膝和全身肌肉都發出哀號。雖然他也覺得自己有點卑鄙，但他說的是事實。這是精靈和人類的比試，讓他一點又有何妨？

「……他是為了保護妹妹，才想變強啊……」

稻本躺在地上喃喃說道。

同時，不知幾時間升起的太陽，將境內的樹木逐漸染成金色。

「祢也一樣吧？祢強大的力量是用來做什麼？不光是臂力，還有祢身為精靈的力量，是用來做什麼？」

良彥在呼吸之間斷斷續續地問道。

「……用來做什麼……？」

稻本緩緩坐起身子，呆愣地重複。

「嗯。祢回想看看，稻子本來是為了什麼而存在？」

稻本在口中反芻良彥的話語，突然間屏住呼吸。

同時，某種物事在他的胸口深處靜靜地迸裂。

猶如迎著朝陽綻放的美麗花朵一般。

「……為了凡人……」

不久後，稻本呆然說道。

「我是從天照太御神的齋庭來到凡間……為了讓凡人免於飢餓與虛弱，幫助他們成長與茁壯，為了成為凡人繁榮的基礎……」

面對從體內泉湧而出的話語，連稻本自己也感到困惑，因而摀著胸口。

「還有，為了成為生命的泉源……」

良彥終於坐起來，重新盤腿坐好。他的身上全是沙子，卻覺得神清氣爽。

「祢比相撲一直贏，是為了帶給人類豐收，是為了讓這座島上的稻子結許多稻穗，讓人們免於飢餓，對吧？」

良彥對依然困惑的稻本說道：

「為了保護別人而想變強的心理，祢應該是最明白的吧？」

聽到這句話，稻本恍然大悟地眨了眨眼。

「我是最明白的……」

祂擁有維繫凡人生命的崇高稻穗之魂。

在凡人的身旁守護著他們的生活。

「如果祢的力量衰退，一不小心就會被人類看見這件事有什麼意義存在，我想那應該就是為了讓祢想起和人類交流的快樂吧？」

雖然良彥缺乏神道的知識，但是就他所知，神明和精靈是看不見也摸不著、只能奉祀的對象；就算是神事，他也從沒聽過精靈會和人類一起比賽相撲。

「還是祢討厭和人類交流？」

聽到良彥的問題，稻本緩緩望向自己沾滿沙子的掌心。

過去遇見的許多人們的臉龐閃過腦海。

稱祂為稻本先生、對祂露出笑容的鄰居。

對祂說「辛苦了」的農家熟人。

以及一看見祂便叫著「ＪＡ的叔叔」並跑上前來的小男孩。

「不，我很喜歡。」

不久後，稻本喃喃說道。

「我很喜歡和大家一起聚在土俵旁，熱熱鬧鬧地拍手喝采、比賽相撲，使出全力和凡人一起玩……」

曾幾何時，祂忘記自己的職責，也忘記自己悄悄參加神事的樂趣。

稻本晃動著視線，整理混亂的記憶，接著凝視良彥。

「我想，誰強誰弱、誰贏誰輸，都是微不足道的小事……今年也能和人類比賽相撲、人類也能過富足的生活，才是身為稻子精靈的祢『最想保護的事物』，對吧？」

聽到這句話的瞬間，稻本愕然地瞪大眼睛。

同時，眼前的光景就像是初次見到的景物一般，令祂忍不住屏住呼吸。

「這是……」

映入視野的所有事物都散發著鮮豔的光彩。

每一片沐浴著朝陽的樹葉、每一粒地上的砂礫、藍色的天空、高聳的鳥居，就連空氣也像是上了色彩一般。

過去覆蓋眼前的暴風沙突然消失。彷彿遮蔽視野的厚濾鏡被移除一般，萬物都在這個瞬間綻放出生命的光輝。

汲汲營生的昆蟲。

因朝露而濕潤、努力成長的嫩草。

以及，今天依然照常過日子的凡人。

「……是嗎……原來如此……」

稻本呆呆眺望著這幅光景，顫抖著嘴唇說道：

「我想保護這個美麗的人間……」

只要稻穗依然在大山積神的腳下繼續閃耀。

凡人便會孕育生命，代代相傳。

「……為了保護凡人而想要變強的我，如今居然得要人類來告訴我這個道理……真是太滑稽了！」

不久後，稻本擦拭濕潤的眼睛，帶著自嘲的口吻說道。

「有什麼關係？至少這樣一來，祢又會期待玩相撲了吧？」

良彥拍落沙子，站起身來，並朝稻本伸出手。

「對了，比賽相撲頭一次輸，祢有什麼感想？」

面對良彥這個問題，稻本驚訝地瞪大眼睛尋找著回應的話語，視線游移片刻，最後又忍不住笑出來。

「很懊惱，但是很開心。」

良彥也跟著笑了，稻本抓住他的手站起來。看見祂被朝陽照耀的身影，良彥宛如感到炫目似地瞇起眼睛。

「嗯，我也很開心。」

那就像是在秋日沙沙作響，告知已然結實的金色稻穗一般。

⛩

宣之言書蓋上了稻穗形狀的朱印，良彥也離開島嶼。經過約一個月後，島上按照慣例舉行了御田植祭，由市公所職員舉辦的單人角力神事也圓滿落幕。雖然良彥很想去現場觀賞，但是兩晚的住宿費、全身上下擦傷的醫藥費，以及他忘記更換回程班次導致得自掏腰包的車票錢，使得他手頭拮据，根本籌不出交通費用。

「……祂一定在玩……」

無可奈何之下，良彥只能觀看新聞網站上的單人角力影片。在獨自演出拍打、被推開等動作的力士前方，正是配合著力士的一舉一動做出誇張動作的稻本。

「居然被拍得這麼清楚……眼力好的凡人可會看見啊……」

黃金窺探電腦畫面，擔心地動著耳朵。

「不過，祂是故意的吧？應該會自己拿捏分寸。」

「但願如此。雖然祂想起了許多事，但是由於力量衰退之故，只要一鬆懈就會被人看見的問題並未解決。如果假扮成凡人，或許還不成問題……」

影片中，力士被逼到土俵邊，卻在千鈞一髮之際及時閃開的動作引得觀眾大笑拍手。觀眾之中也有小學生，良彥忍不住尋找起優真的身影。他應該也在某處觀賞這場神事吧。

「順道一提，假扮凡人要像這樣才對。」

黃金踩著良彥的腳爬上桌子，用肉趾拍了拍電腦螢幕的一部分。

「啊？咦？什麼意思？」

黃金指著一個大聲加油的老人。

老人穿著袴裝，良彥還以為是前來炒熱氣氛的神社職員。

「我打賭贏了，出了一個自以為棘手的難題，要求祂假扮凡人，誰知道祂居然開開心心地上鏡頭……」

黃金遺憾地搖頭。

「我原本以為祂會抗拒，沒想到祂竟然覺得很好玩，一口答應……」

「咦？什麼？什麼意思？」

「這樣根本成不了賭輸的懲罰啊！」

「這個老先生是誰啦！」

幾天後，良彥收到一封優真寄來的信。

信中用小孩的拙劣字跡報告了御田植祭舉辦的消息，以及先前給良彥看過的種子在專家的指導之下已經發芽、移植到水桶裡的消息。等到秋天，那一定能夠結出纍纍的稻穗吧。

附在信中寄來的照片上，是圍繞著剛出生的妹妹、笑著合照的優真一家人。

另一張照片上，則是在種植著綠油油稻秧的齋田旁捕捉青蛙、滿面笑容的優真，以及溫柔地注視著他的ＪＡ叔叔。

那是一幅雖然平凡無奇，卻十分寶貴的日常風景。

要點

神明講座 2

告訴我和稻子及神明有關的故事！

邇邇藝命（註1）接受大國主神禪讓，從高天原下凡至葦原中國時，天照太御神曾經賜給祂自己食用的齋庭稻子。這被稱之為「齋庭稻穗神敕」，並被視為國家的原點，以及保證、保佑國家繁榮的三大神敕之一。此外，邇邇藝命的名字即是「稻穗纍纍的太陽之子」的意思，傳說祂從高天原下凡，最先降臨的地方便是稻穗堆積如山的土地「高千穗」。稻作文化對日本人而言有多麼重要，也可從這則神話中窺知一二。

叮囑後人慎重奉祀鏡子的「寶鏡奉齋神敕」、祈禱子孫永遠繁榮的「天壤無窮神敕」，兩者與「齋庭稻穗神敕」合稱為三大神敕。

註1：日本初代天皇神武天皇的曾祖父。前兩集誤植為「邇邇芸命」，特此更正。

三尊　童子之杓

一

「天氣一變熱，匪類就變多。」

進入六月，梅雨正式到來之前的天空下交雜著濕氣與熱風。良彥趁著外出之便，順道造訪了大主神社。

境內的樹木全都換上青翠的新綠色，在躍動的晨光下讓人窺見夏日的身影。觀光客並不多，老夫婦在大主山裡悠閒散步的身影映入眼簾。

「就算退個一百步，允許他們半夜在這裡吃吃喝喝，也不能把殘骸留在這裡啊！」

在授予所迎接良彥到來的孝太郎，臉色和安詳的景色正好相反，帶著厭煩之色。

「別的不說，深夜的神社和佛寺陰森森的，幹嘛跑來這裡鬼混？」

孝太郎在抱怨的是深夜的不速之客。

和其他多數神社一樣，大主神社並沒有圍牆或大門阻隔；雖然有中門阻擋外人進入本殿，但是基本上夜晚並不禁止遊客進入境內。雖然設置了監視器和偵測器，並和保全公司簽了約，也有職員值夜，但是要制止所有前來夜遊的年輕人依然很困難。事實上，今天早上也一樣，通往境內的階梯上棄置了一堆喝完的冰咖啡杯、寶特瓶以及沒吃完的零食包裝袋。聽說嚴重的時候，甚至還有殘留湯汁的泡麵杯碗。

「他們都不怕遭天譴嗎？」

孝太郎沒規沒矩地拄著臉頰，嘆了口氣。想當然耳，收拾這些垃圾是身為神社職員的神職人員的工作。或許本殿和拜殿沒被弄亂，他就該慶幸了。

「這就是凡人對神的敬畏之心越來越淡薄的證據。這年頭的凡人，大多忘了自己的生命是神賜予的，是和神共生共存的御魂。」

在良彥身旁聆聽的黃金感嘆地搖頭。那些人要是被這尊狐神看到，鐵定吃不完兜著走。

「哎，我也不是沒有夜遊過，但我可不會把垃圾扔在神社裡……」

大學時代，良彥也常和朋友一起喝到天亮，在鴨川岸邊仰望漸漸泛白的天空。然而，玩一整夜和亂丟垃圾是兩碼子事。

「不過，我們神社或許還算好，反正垃圾只要集中起來塞進垃圾袋裡就好。要是被當成靈異景點，那可就真的會慘不忍睹。」

孝太郎一臉不悅地看著良彥說道。就某種意義而言，夏季的夜晚裡，年輕男女聚在一起試膽，可說是人人必經的青春。

「除了垃圾問題，還有噪音和亂停車的問題……」

光想就覺得很麻煩。孝太郎又對著皺起眉頭的良彥繼續說道：

「如果只有這些問題，那還算好的。」

「咦？不然還有什麼問題？」

良彥反問，孝太郎迅速掃視周圍之後，才微微探出身子說道：

「神職人員的工作之一，就是在香客發現之前回收……」

這句話讓良彥的腳邊竄上一股寒氣。

「……釘在樹上的草人之類的物品。」

⛩

「……好冷。」

良彥跟著幾個觀光客一起走出貴船口車站，異於城市的冷風吹得他忍不住打顫。山中的車站就位於貴船川旁，即使是大白天，周圍依然有點陰暗，而河川對岸就是草木茂盛的鞍馬山。

話說回來，脖子上之所以感受到冰涼的空氣似乎不單單是環境造成的，又或者只是良彥的靈異抗性太低？

「都是因為那小子提起那種話題……」

良彥恨恨地說道。都是孝太郎不好，居然在良彥順道去找他的時候談論那種話題。當宣之言書上出現高龗神的神名，良彥隨著毛茸茸狐狸型導航器外出的時候，根本不該順路去找孝太郎。奉祀坐鎮貴船地方的高龗神的神社周邊，正是有名的丑時釘草人舞台。

「光天化日之下，有什麼好怕的？」

走下高架車站，黃金啼笑皆非地望著良彥。

「從前這一帶都是林蔭，看起來更加陰森恐怖。這樣你就害怕……」

「這是心情的問題！」

良彥苦著臉反駁黃金。他打從出娘胎至今不過才二十四年，經驗和某尊古老的神明自然不能相提並論。

上坡路段的右手邊就是河川，流水聲響徹四周；如果不知道丑時釘草人的故事，良彥應該會認為這裡是個舒適的避暑勝地。但對於住在京都的人而言，這裡是個熱門的靈異景點。

坐上從車站發車的公車，沿著河邊的狹窄單線道行駛約十分鐘左右，便抵達終點站的巴士專用停車場。這裡似乎也是觀光巴士的停車場，當天停了兩輛車。高龗神坐鎮的神社必須從這裡徒步前往。出乎意料的是，來到這裡以後倒是遇見不少觀光客。

「平日人還這麼多……」

時間剛過中午，良彥和黃金一起悠閒地爬上坡道，途中發現一處骨架覆蓋了部分河面、上頭蓋著竹簾遮陽的場所，兩側則是可以走進河裡的樓梯和寫著小吃店字樣的紅色燈籠。

「啊，原來如此，是川床啊。」

良彥忍不住喃喃說道，黃金則是興味盎然地窺探。

在河裡設置踏腳台、鋪設床板，供遊客一面乘涼一面用餐的川床，可說是夏季京都的風情畫。河邊的高級餐館提供場所及餐點，其中尤以鴨川、高雄和貴船的川床最為有名，光是午餐就要價五千圓以上，因此良彥至今未曾享用過。剛才在停車場看見的觀光巴士，或許就是為了川床而來的旅行團也說不定。

「我也聽說過，這就是納涼床啊？」

黃金望著川床，眨了眨眼。

「在河裡開飯館，真虧凡人想得出來。」

不知道是傻眼還是讚嘆，黃金露出五味雜陳的表情。良彥看了祂一眼問道：

「川床不是古時候就有的嗎？」

在河裡組裝的床板上鋪著榻榻米或草蓆，和紅色坐墊相互映襯之下顯得十分典雅。良彥原以為這種風雅的乘涼法必定是起源於古代，不過既然黃金不知情，那應該是最近才開始流行。

「至少江戶時代的貴船還沒有這種玩意兒。古時候，貴船是由北丹波前往京都的最短距離路上的要衝，我想客棧應該是有的吧。」

「哦？真不愧是太古之神。」

他們一面閒聊一面前進，隨即看見通往對岸鞍馬寺的橋梁；過橋以後，被茂密生長的樹葉淹沒的紅色鳥居便現出身影。

「啊，我好像看過這個景色。」

良彥仰望從鳥居前通往境內的石階，忍不住喃喃說道。石階兩側綿延並排的紅色燈籠，常刊登在旅遊書籍或觀光導覽海報上，對著這幅值得一看的風景拍照的香客也不在少數。

「整個勁都來了呢！我也要拍照，黃金，祢去站在樓梯上。」

良彥從牛仔褲口袋中拿出智慧型手機，開啟拍照功能。混在拍紀念照的遊客之間，讓他覺得自己也成為其中一員。

「拍我做什麼？我又不會被照相機拍下來。」

「有什麼關係？紀念、紀念嘛！」

「什麼紀念？你知不知道自己是來這裡做什麼的？」

「啊，自拍真的好難喔！」

「你還是老樣子，完全不聽我……」

「要不要我幫忙拍？」

正當良彥在琢磨攝影的角度時，背後傳來這道詢問聲。

「啊，不好意……」

良彥本來以為是附近的觀光客好心詢問，但在他回過頭、見到聲音的主人之後，不由得愣在原地好一陣子。

只見眼前這位笑咪咪的和藹老翁身上穿的和服，散發著似黑色又似深藍色的奇異光彩；腳下踩著雙齒木屐，白色長髮在背上綁成一束，同樣長的鬍鬚留到了胸口，看起來怎麼也不像尋常的觀光客。

「別說笑了，水龍。」

黃金豎起耳朵說道。見到祂的反應，老翁賊賊一笑。

「我是好心提議啊。」

見狀，良彥的思考迴路才開始運作。

「水龍……難道是……」

這麼一提，他之前認識的水和橋梁守護神也是龍形；而現在要造訪的神明，正是守護貴船清流的水神。

「高龗神……老爺？」

聽了良彥的話語，老翁撫摸鬍鬚，笑意變得更深。

开

「水神大多是龍。爾從前代辦差事的唐橋姬也是我的族人，爾可以把我當成統領看待。」

良彥他們避開香客眾多的本宮周邊，在高龗神的催促下，來到位於上游的貴船奧宮（註7）。本來神社是位於此處，但由於平安時代貴船川氾濫，沖走了社殿，後來才把社殿移至現

註7：祭祀同一神明，但社殿分散於多處的情況下，稱最深處的社殿為「奧宮」。

在的本宮。

通往奧宮的碎石子參道的其中一側是山地，長滿青苔的老樹和雜草鬱鬱蔥蔥，落下的冷氣不時掠過臉頰。來到這一帶，已經看不到本宮附近常見的高級餐館，就連良彥這個毫無靈異體質的人也可以感受到一股莊嚴肅穆的氣氛。

「凡人自是不用說，對於其他生物而言，水也是不可或缺。為了守護水源及整個日本，我在遙遠的太古時代便從高天原來到這塊土地上。在這裡，除了『高龗神』這個名字以外，我又被稱為『貴船明神』。」

穿過神門之後便是奧宮。和本宮相比，奧宮的人較少，只在本殿前的廣場看到幾道稀稀疏疏的人影。在初夏的陽光下，大家都跑到樹蔭底下乘涼。境內最深處有一座小巧的本殿，本殿前方是座和舞台一樣高起一截的拜殿，高龗神在拜殿邊緣坐下來。

「這座本殿底下有個叫龍穴的洞穴，是噴發地氣的重要地點，自古以來，就備受風水及陰陽道方面的重視。保護龍穴也是我的職責之一。這裡本來是個如此神聖的場所……」

高龗神打開從懷中取出的淡藍色扇子。

「可是現在不知何故，卻因為詛咒和丑時釘草人而出名。的確，我是在丑年丑月丑日丑時降臨於這塊土地，不過丑時釘草人原本是起源於《平家物語》中的一節，描述某個因嫉妒而發狂的女人祈求貴船的神明將她變為鬼怪，好讓她殺死對方。」

「我記得見到阿華的時候，祂也說過這個故事……」

良彥想起前去替大神靈龍王辦理差事時的事。嚴格說來，阿華和《平家物語》裡登場的女人毫無關係，卻因為橋姬之名而被歸為同類，真是有夠複雜。

「《平家物語》裡不但沒提到草人和五寸釘，舞台也不是在貴船的山上。可是不知道怎麼回事，卻定形成現在這個樣子，凡人的想像力和解讀真是不可思議。」

高龗神無奈地嘆一口氣。良彥有種不祥的預感，戰戰兢兢地問道：

「……呃……這次的差事該不會和釘草人有關吧？」

雖然良彥是差使，但他對於靈異方面實在不在行。而且隨著年紀增長，他也漸漸了解到發狂的活人比妖魔鬼怪更恐怖的道理。

「的確，聽到這種一廂情願且希望別人不幸的惡劣願望，我的心裡是不太舒服。不過這種人我已經看了千年以上，早就習慣了。反正詛咒別人的人只會自食惡果，來這裡釘草人頂多就是帶兩、三個山裡的冤魂回去而已，不干我的事。」

銀杏精靈阿杏曾告訴過良彥，神只管豐收及繁榮等大規模的祈願，幾乎不干涉個人的心願。這一點在貴船似乎也是一樣。高龗神身為清洗汙穢的水神，豈會幫助凡人詛咒？

「這麼說來，爾是有其他困擾囉？」

黃金將黃綠色眼睛轉向高龗神。

高龗神緩緩地搧動扇子，似乎在尋找言詞。

「其實……我是希望差使替我找杓子。」

「杓子？」

聽到這個意料之外的要求，良彥忍不住反問。

「祢說的杓子，是手水舍裡的那種杓子嗎？」

「沒錯。不過，我要找的不是普通的杓子，而是童子的杓子。」

「童子……？」

良彥的頭上冒出問號。黃金在他身旁豎著耳朵，一臉不快地開口說道：

「所謂的童子，是高龗神下凡時從高天原帶來的隨從。不過這名隨從是個怪胎，當時引起的騷動可說是眾神皆知……」

和高龗神一同來到凡間的童子是個大嘴巴，四處宣揚不可外洩的高天原祕密。高龗神一怒之下，便把祂的舌頭斷成八截，逐出貴船。

之後，童子深切反省，終於得到高龗神的原諒，又重回貴船侍奉高龗神。但這個童子不知是過於粗心大意還是喜歡惡作劇，竟把高龗神珍藏的兩把弓都弄壞了。高龗神用鎖鏈將祂的手捆起來做為懲罰，童子卻輕輕鬆鬆地扯斷鎖鏈；於是高龗神又將祂綁在巨大的岩石上，可是祂依然不以為苦，讓高龗神頭痛至極。

「真是糟糕的隨從……」

良彥坦白說出感想。這個童子連到底有沒有在反省都看不出來。不過，從祂遭到放逐之後又回來這一點來看，祂應該很仰慕高龗神。

「我那時候也覺得很鬱悶……」

高龗神望著遠方，黃金用同情的眼神看著祂。

「當時爾真的心煩意亂……我聽說爾每晚都借酒澆愁，找眾神訴苦，抱怨隨從不聽話。這件事當時傳得眾神皆知。」

「怎麼聽起來好像是……泡沫世代的人被寬鬆世代（註8）的人耍得團團轉的感覺……？」

註8：意指日本一九八七年之後出生的世代。這個世代的人就學時期主要受到二〇〇二年開始推行的「寬鬆教育」影響。

良彥喃喃說道。這個比喻雖然通俗，卻很貼切。

「當祂娶了凡間的妻子並且擁有孩子之後，我還以為祂的個性會變得穩重一點，誰知道一點也沒變……」

高龗神無奈地嘆一口氣，良彥不知該說什麼才好，只能面露苦笑。或許這就是所謂的「江山易改，本性難移」吧。

「那個童子有把杓子？」

良彥詢問，高龗神點頭稱是。

「祂被放逐歸來以後，就在我和祂一同從高天原降臨人世的地點──『鏡岩』──後頭閉門自省。祂反省過後請求我的原諒，我便從鏡岩削了把杓子給祂，要祂用這把杓子汲水，保護山地、培育森林。」

高龗神回想當時，仰望天空。

「那把杓子在童子死後代代相傳，以始祖為前車之鑑的童子子孫們都很認真地侍奉我。經過漫長的歲月後，他們一族成為這座神社的頭號社家。但是到了明治時代，神社制度經過整頓，即使出身社家，沒有取得資格還是不能繼承神職，所以後來童子一族就三三兩兩地離開這片土地。」

良彥險些讓這番話左耳進、右耳出，這時連忙抬起頭來。

「咦？到了明治時代……這麼說來，童子一族一直侍奉著祢，直到明治時代？」

高龗神下凡，應該不是區區千年之前的事。打從遙遠的太古時期就侍奉高龗神的童子子孫，至少直到明治時代為止，都還是貴船的社家。

「沒錯。當然，這座神社還有其他社家，但是他們一族的歷史最為悠久。」

「真的假的……」

見高龗神點頭，良彥半是呆愣地喃喃說道。

綿延不絕的生命。

代代相傳的使命。

毫無疑問，他們是長年守護此地的高龗神的左右手。

「離開此地之後，他們和其他家族聯姻，童子的血統變得越來越淡薄，各系子孫的血脈也幾乎都斷絕了。」

高龗神闔起扇子，凝視自己的指尖。

「不用正確方式祭祀神明的凡人越來越多，為此力量急遽削弱的我已經……連他們的下落都不得而知。」

和良彥四目相交的高龗神，露出意外溫柔的笑容。

「不過，他們一族長年侍奉我，因為社家這層關係而一直留在此地。如今他們在新的土地上開創新的命運，對我而言是一件萬分可喜之事。」

高龗神繼續說道，眼神宛若在懷念自己的子孫一般。

「只不過，我很擔心那把杓子。待我察覺的時候，杓子已經下落不明。那是我賜予童子的物品，算得上是神寶；若是誤用，將會毒害凡人。」

「毒害……？」

這只是比喻？還是事實？

良彥反問，黃金抬起頭來。

「我記得那把杓子能夠反映使用者的心，心地純淨的人用來汲水，舀起的水便會是至上的甘露；心地奸邪的人用來汲水，則會是能讓魚兒死盡的毒水。神寶的力量越強，對凡人而言就越危險。」

「……原來如此。」

的確，這樣的物品下落不明，難免會擔心。

「如果這把杓子現在仍在童子的後代手中，受到正當的對待，那麼放著不管也無妨；但要是落到古董商或是無知小輩的手中，就得把它拿回來。」

良彥盤起手臂沉吟。雖然聽起來只是單純的尋找失物委託，可是杓子從明治時代就已經不在此地，他找得到嗎？

「那把杓子的大小就和手水舍裡的杓子一樣大，顏色是平凡無奇的白色，看起來也有點像是未上漆的木頭杓子。為了證明那是從鏡岩削下來的，只要在丑時把杓子對著鏡岩舉起，杓子便會散發出星光般的淡淡光芒，爾可以此做為尋找時的根據。」

高龗神一面用手比劃杓子的大小，一面說明。

「只要接下差事，我自然會盡最大的努力去找……不過，要是找不到怎麼辦？畢竟杓子也有可能已經損壞，或被丟棄了。」

最壞的事態總該先打算一下。良彥如此詢問，高龗神從容地點了點頭。

「當然也有這種可能。要在何時停止搜索，就交由爾自行判斷。即使最後沒找到杓子，只要是爾盡了最大努力的結果，都可以視為差事已經完成。不過，若是這種情況，我得先徵詢督察的意見……」

高龗神瞥了黃金一眼，黃金略微不滿地翹起耳朵。祂可不記得自己曾說過要當督察，卻在不知不覺間坐上這個位子。

「如何？差使，爾願意接下這份差事嗎？」

「說什麼願不願意……」

良彥從漏出光亮的郵差包中拿出散發著受理差事光芒的宣之言書。

「我根本沒有否決權……」

他打開美麗的青綠色封面，只見原為淡墨色的高龗神名字上了漆黑的墨色。這下子他只能乖乖開工了。

「那就勞煩爾。」

高龗神龍心大悅，再度打開扇子。

良彥輕輕地嘆一口氣，又看了宣之言書一眼，接著收回郵差包中。他並未發現有個腳跨機車、身穿制服的高中男生，正在奧宮旁的林間道路上看著他。

二

「杓子？」

從貴船歸來的隔天，良彥打完工後，再度造訪大主神社。

「對，聽說是由貴船代代相傳的社家一族持有，可是他們現在已經不在貴船。」

回到家後，良彥查詢許多資料，得知所謂的社家是指代代世襲神社神職的家族。現在因為少子化和就業多元化的影響，非世襲的神社並不稀奇；不過仔細一想，良彥身邊就有一位世襲制的活樣本。他正是出生於社家，或許擁有獨特的人脈網絡，知道什麼小道消息也說不定，因此良彥才前來打聽。

「貴船的社家有好幾個，在那裡開高級餐館的應該也是……」

這個總有一天會離開現在奉職的大主神社、繼承自家神社的活樣本，正在境內的攝末社裡回收香油錢。

「現在已經不在貴船的……是不是八家？」

聽到孝太郎順口說出的名字，良彥不禁瞪大眼睛。

「你、你果然知道！我去貴船的神社打聽，對方也是頭一個就提到這個名字。」

昨天，接下高龗神交辦的差事之後，良彥在返回車站的路上順道前往本宮，不著痕跡地向授予所裡的年輕神職人員打聽，問他知不知道這裡的哪個社家擁有一把別有來頭的杓子。

當時，針對「社家」二字，神職人員提起了許多家族的名字，其中頭一個提起的便是八家。八家是實際存在的社家，而且傳說中是童子的後裔。說來意外，這件事在貴船似乎是廣為人知。「八」這個罕見的姓氏，便是取自於其末端擴展的字形，帶有開枝散葉之意。八家不光是侍奉高龗神，還精通各種與眾神相關之事，對於藥學和咒術也有所涉獵。據說這是因為八家的始祖曾居住在高天原，知道許多凡人不知道的事，並把這些知識口耳相傳下來之故。

然而，針對杓子，神職人員只說他曾經聽過這類傳聞，但對於八家知之甚詳的宮司已經過世，現在改朝換代，不得而知了。

「八家是這個圈子裡人盡皆知的頭號社家，我當然也聽過。」

孝太郎把香油錢箱後方的鎖頭鎖起來，邁向下一間攝社。

「不過我不知道杓子的事。」

孝太郎端著塑膠盤，盤中的硬幣叮噹作響；良彥跟在他身後，微微地嘆一口氣。既然是從始祖童子開始代代相傳的神寶，自然不會隨便跟外人提起。連貴船的神職人員都不知情，想找到知道杓子詳細下落的人，看來是希望渺茫。

「話說回來，你問起杓子幹嘛？如果你想要，我可以幫你介紹供貨給我們神社的業者。」

孝太郎一面用草鞋踩著圓碎石前行，一面回頭對良彥說道。

「我要找的不是那種杓子，而是八家代代相傳的杓子。」

「為什麼？」

「為什麼啊……」

經孝太郎這麼一問，良彥不由得一時語塞。他總不能說是高龗神拜託他尋找，要是這麼說，搞不好會被這個超級現實的權禰宜抬去醫院。

「你就不會找個藉口啊？」

腳邊的黃金傻眼地說道。良彥無視祂，隨便找個理由搪塞：

「哎呀，你也知道，這種古物要是賣給古、古玩藝品商，一定能賺不少錢……電、電視上也有在播這類鑑定特輯啊！」

孝太郎對良彥投以狐疑的視線，看似本來想說些什麼卻又懶得說，只是嘆了口氣。

「……哎，你要做什麼是你的自由。和窩在家裡、只會在電腦上和人交談的時期相比，現在這樣健全多了。」

良彥無言以對，在喉嚨深處「唔」了一聲。他的確有過這種時期，根本沒有反駁孝太郎的餘地。

「可、可是，仔細想想，那很厲害耶！八家是跟著高龗神一起下凡的隨從後裔吧？整個家族代代相傳了幾千年。這樣的家族擁有的杓子，鐵定是不得了的寶物……」

「那也要那把杓子現在還在才行啊。不過，八家的血脈不是已經斷絕了嗎？你知道要去哪裡找嗎？」

「……不知道。」

所以良彥才到這裡來。

聽完良彥簡潔有力的答案，孝太郎深深地嘆一口氣。

「再也沒有比沒計畫的尋寶更危險的行為。」

「所以我才來拜訪同是社家出身的孝太郎大爺，尋求提示嘛！」

「我不知道，你回去吧。今天我要值夜，很忙的。」

孝太郎無情地說道，又回過頭來看著良彥說：

「還是說，我來幫你查八家的事，你來幫我工作？只要半夜巡邏、半夜巡邏和半夜巡邏就行了。」

「……我自己查就好……」

大主神社的攝末社散布於鬱鬱蔥蔥的大主山全域，良彥才不想在半夜一個人巡邏這些地方；再說，現在還得處理那些晚上跑來鬼混又亂丟垃圾的鼠輩。如此看來，侍奉神明也不是件簡單的工作啊。

「連他也不知道，該怎麼辦？」

黃金用鼻尖指著跑向通往大天宮坡道的孝太郎，如此問道。同時，良彥牛仔褲口袋裡的智慧型手機震動起來。

「……哎，其實我也料到了。」

連貴船的神職人員都不知道杓子的下落，更何況是和那塊土地完全沒有淵源的孝太郎？良彥只是姑且一問，看看能否找到線索而已。

「既然孝太郎不知道……」

良彥抽出口袋裡的手機。他早就料到會有這種情形，所以事先聯絡好了。

「就問另一個社家的後代吧！」

良彥對黃金展示她的來電畫面，並且按下通話鍵。

「這麼一提，我曾聽說過我們家是卜部氏的一脈……」

課外教學結束之後才聯絡良彥的穗乃香，歪著頭追溯記憶。

「卜、卜部氏？」

良彥告知這次的差事是尋找杓子的下落，以及八家是建立在一個叫童子的隨從代代相傳的血脈上之後，穗乃香突然如此說道。

「……對。是聽我爸爸說的，其實我也不清楚。」

傍晚的速食店裡隨處可見高中生和大學生團體，櫃台後方的炸薯條定時器鈴聲及店員呼喊「歡迎光臨」的聲音此起彼落。

上個月換季的穗乃香，今天穿著白色的長袖襯衫和紅色條紋領帶，一面攪拌她點的冰咖啡一面繼續說道：

「有很多說法，還有一說是天兒屋命的後裔……」

「天、天兒……咦？」

良彥困惑地重複，黃金冷靜地告訴他：

「天兒屋命是和天孫一起下凡的大主神社主祭神，同時是春日大社的主祭神。」

「啊！所以妳是神明的後裔？」

良彥忍不住叫道，並重新審視眼前的穗乃香。既是美女，又有天眼，還是神明的後裔，她到底背負著什麼樣的命運？無論如何，和對祖父母之前的家族歷史一無所知的良彥家相比，實在是有天壤之別。

「啊，不過，這種傳說在社家很常見，不見得是真的……」

「是嗎？」

良彥忍不住回頭看著黃金。黃金一臉厭煩地承受他的詢問視線，並用黃綠色的眼睛望著他回答：

「為了顯示奉祀的正當性，凡人常自稱是從高天原下凡的某神明之後裔。反正追溯凡人的魂魄，源頭都是神明，其實沒有多大差別。」

「咦？那我呢？我也是嗎？」

「別抓我的尾巴！」

黃金一面用爪子抓良彥的手，一面連珠砲似地說道：

「不光是你，住在日本的大半凡人都是神的後裔！只要往前追溯幾個世代，幾乎都會連上源氏或平氏、連上清和天皇與桓武天皇，再連上初代的神武天皇。神武的曾祖父是邇邇藝命，邇邇藝命的祖母就是天照太御神！其他家族也一樣，最後都會追溯到名字有個神字的祖先！」

黃金用前腳拍打桌子，繼續說道：

「現在春日大社的宮司也是藤原道長的子孫，再往前追溯就會連上中臣鎌足（註9），並和天眼的女娃兒一樣連上天兒屋命。這種事並不稀奇。」

「不稀奇嗎？我第一次聽說耶！」

即使是在成為差使的現在，在良彥心中，神明依舊是似近實遠。雖然他曾和神明隨興地交談，也曾毫不客氣地揪住神明，但感覺上就像是對待外國人一樣。現在聽說祂們其實是自己的祖先，他實在不敢置信。

「良彥，你所知道的日本歷史上最古老的人物是誰？」

黃金又瞥了良彥一眼，如此問道；良彥抱著腦袋，回溯記憶。

「……卑、卑彌呼？」

他記得日本史的課本就是從這裡開始教起。又或許只是因為卑彌呼太過有名，所以才留在他的記憶裡。

聽了良彥的答案，黃金無奈地嘆一口氣。

「卑彌呼明明只是不久以前的巫女啊。」

「咦～～～卑、卑彌呼不是很久以前的人嗎？」

是彌生時代還是古墳時代良彥不清楚，但是應該生活在比武士的時代更早之前。

黃金以啼笑皆非的視線望著他，繼續說道：

「卑彌呼的時代可是在初代神武天皇即位的近千年後啊！在學堂裡學到的歷史只不過是一

小部分而已。遠在凡人命名的時代出現之前，凡人便已經在這個日出之國生活。凡人是神的後裔這件事，不過是枝微末節的事實罷了。」

良彥一時之間找不到話語，只能張大嘴巴凝視著黃金。

「……我覺得好像看到一個未知的世界……」

莫非自己活到現在，卻連黃金所說「枝微末節的事實」的一半都不知道？

「……社家是世襲制，所以大多留有族譜。」

穗乃香放下冰咖啡的杯子，緩緩說道：

「尤其八家是在狹窄的土地上代代相傳的社家……身為童子後裔的故事，也比較容易流傳開來……」

雖然節奏緩慢，但是和剛認識時相比，穗乃香的話變多了。雖然她的表情依然淡薄，不過這也是她的特色。

「妳有沒有聽妳爸爸提過杓子的事？」

註9：即為藤原鎌足，為古代日本的豪族藤原氏的祖先。

希望渺茫，現在只能慢慢找線索。穗乃香沉默片刻，回溯記憶，不久後又微微嘆了口氣，搖了搖頭。

「對不起，我沒聽過……」

說到這兒，穗乃香突然望向窗外，良彥也跟著轉過頭，只見一個身穿制服的少年，在僅隔一面玻璃窗的極近距離恨恨地盯著他。

「……妳認識他嗎？」

該不會又是哪尊神明吧？

少年穿著低腰灰色長褲，白襯衫的袖子捲起來，紅色條紋領帶打得寬寬鬆鬆的；一頭略短的頭髮用髮膠隨意抓過，腋下抱著貼了貼紙的機車安全帽。就這副打扮看來，少年應該是附近常見的高中生。他正帶著明顯的敵意俯視良彥。

「話說回來，看他穿的那套制服，應該和妳是同一所高中吧？」

良彥再度望向穗乃香的制服。那條紅色的條紋領帶顯然是同一款式。

「……是啊……不過，他是誰……？」

穗乃香也一臉困惑地喃喃說道。在學校裡無法融入周遭同學的她，搞不好連同班同學都不認得。

當良彥再度以懷疑的視線望去時，窗外的高中男生開口說話了，但是他的聲音被店裡的噪音蓋過，良彥完全聽不見。

「咦？什麼？」

良彥把手放在耳邊反問，少年沉著臉重複一遍，卻又被店裡高中女生的笑聲蓋過。

「什麼？我聽不見。」

為什麼會有一個素不相識的高中生這樣瞪著自己，還從窗外對自己說話？就在良彥第三次表示自己聽不見之後，按捺不住的少年闖進店裡來。

「不要裝作聽不見！你根本聽見了！」

少年一靠近良彥便咄咄逼人地說道。當他的視線停駐在坐在良彥對側的穗乃香身上時，一瞬間似乎遲疑地語塞，但隨即又激動地逼問良彥：

「為什麼你可以和吉田同學一起喝咖啡？莫名其妙！簡直莫名其妙！」

這是該遭人怒罵的事嗎？

良彥目瞪口呆，少年無視他，繼續說道：

「像你這種外貌普通，還是該說不起眼？總之是演路人丙的臨演型人種，就是那種約好要一起出去玩但是沒人發現你還沒來大家就出發了的類型，憑什麼和吉田同學一起喝咖啡！」

「……喂。」

「好不容易找到你，你居然在誘拐高中女生，而且偏偏是全校最可愛的吉田同學！根本是犯罪，犯罪！」

「喂！」

良彥終於動氣而站起來。雖然透過少年這番話獲得未知的穗乃香資訊，但是被剛認識的少年說成這樣，他可不能再繼續悶不吭聲。

「你是誰啊？未免太沒禮貌了吧？」

雖然良彥只是打工族，但好歹是個成年人，當然得好好訓誡這名血氣方剛的高中男生。

「還有，別在店裡面大吼大叫，會造成其他客人的困擾——」

「差使。」

良彥的話語因為少年的一句話而中斷。

「你是差使吧？」

少年再度開口確認。喧鬧的速食店裡，只有這個角落鴉雀無聲。

「你不用回答，我看你的反應就知道了，因為沒聽過『差使』這個名詞的人會立刻反問那是什麼。再說，我親眼看到鐵證了，就算你否認也改變不了這個事實。」

良彥和黃金互看一眼。良彥身為差使之事被人發現也無妨，但他萬萬沒想到會在這種地方被一個素不相識的少年認出身分。

「我有事要問差使。」

少年無視困惑的良彥，眼神依然凶惡。

⛩

「昨天你帶著宣之言書去貴船的奧宮，對吧？是綠色布質、看起來很像朱印帳的東西。實際上看到的時候，我也嚇一跳。放學以後，我正巧去參拜，沒想到會在那裡看到實物。顏色和形狀都和奶奶跟我說過的一模一樣，所以我立刻就知道你是差使。」

少年自稱高岡遙斗，是穗乃香的隔壁班同學，似乎沒和她直接說過話；看穗乃香的反應，應該是他單方面認識穗乃香。

為了聽少年說明原委，良彥暫且請他坐下；而良彥什麼都還沒問，少年便逕自滔滔不絕地講述起來。

「那時候我一下子就追丟了，不過後來想想，差使是聽候神明的差遣辦事的人，只要在神社附近等人，應該可以找到你，結果運氣好在這裡就找到你了。」

良彥追溯昨天的記憶。和高龗神交談時，他的確曾拿出宣之言書，確認差事是否受理。沒想到這一幕居然被人看見了。

「差使的存在並非機密，虔誠的信徒應該也曾聽過，只是太過超乎現實，大多凡人都只當成謠言看待。想不到這樣的年輕人居然連宣之言書的形貌都如此了解，真是驚人。」

黃金和穗乃香換了座位，在遙斗身旁打量他。不過，遙斗完全看不見自己身旁的狐狸，也沒察覺到有雙黃綠色的眼睛在極近距離之下盯著自己，依然自顧自地繼續說話。

「我不喜歡拐彎抹角，就開門見山地直問了。那一天，你是以差使的身分跑去貴船神社辦理差事的吧？」

良彥不清楚遙斗有何目的，不知該如何回答，瞥了黃金一眼。

「是高龗神要你辦事嗎？」

遙斗繼續追問沒有回答的良彥。雖然良彥可以堅稱宣之言書是遙斗看錯了，自己並非差使，但思及遙斗大費周章地四處找他，如果此時否定，說不定遙斗會繼續糾纏著他，要求他提出證據。

「……如果我說『對』呢……？」

只有自己遭殃倒是無妨，良彥可不想把穗乃香拖下水。她並不是差使，只是眼睛比常人好一點的高中女生；而且他們同校，良彥更得謹慎行事。

聽了良彥的回答，遙斗似乎認定他果然是差使，停頓一會兒才說出一句簡短的回應。

「好奸詐。」

良彥一時之間無法理解這句話的意思，相隔數秒才反問：

「……啥？」

遙斗瞪著良彥，再度開口，清清楚楚地說道：

「我說你好奸詐。為什麼只有你能和高龗神連繫，替祂辦事？你去過貴船幾次？我可是在學會走路之前就常跟著奶奶去參拜，家裡還有神龕！明明是我和高龗神認識得比較久，為什麼只有你有這種特權？」

「呃，因為……我是差使啊。」

聽候神明的吩咐辦理差事，是差使唯一且重要的職責。良彥只是善盡職責而已，沒道理被人用「奸詐」二字批評。

「我也想幫高龗神的忙，一有空就跑去參拜，拜託祂『如果有我能幫忙的事，請盡量吩咐』！可是你這個半途殺出的差使卻一把搶走這項工作，我無法接受！」

良彥張大了嘴巴，凝視著眼前的遙斗。

「……咦？怎麼？你……想幫神明的忙嗎……？」

「啥？你耳朵有問題啊？我想幫的不是神明的忙，是高龗神的忙！」

遙斗斷然說道，黃金也瞪大眼睛。祂有點難以相信這句話是出自於高中男生之口。

「……高龗神對你有什麼恩情嗎？」

一直保持沉默、靜觀其變的穗乃香喃喃問道。聞言，遙斗手足無措地望著她，一時之間說不出話來。

「啊，呃、呃，該怎麼說呢……」

良彥冷靜地看著突然變得結結巴巴的遙斗。剛才他自我介紹時，穗乃香連眉毛也沒動一下，只說了聲「你好」，他顯然大失所望，反應可說是十分老實。這讓良彥萌生一股奇妙的安心感：原來因為穗乃香的美貌而手足無措的不只有他而已。

「話說回來，你和吉田同學是什麼關係？」

遙斗帶著無法釋懷的表情望著坐在一起的兩人。

「辦差事時認識的。穗乃香是大主神社宮司的女兒。」

「喂！你幹嘛叫吉田同學叫得那麼親熱啊……等等，你剛才說她是大主神社宮司的女兒？

真的假的？」

看見遙斗的反應，良彥突然感到不安，瞥了穗乃香一眼問：

「咦？這件事是不是不該說出去？」

「沒關係，我並沒有保密……」

她因為性格上的因素，鮮少與人交流，或許只是因為這個緣故，才沒什麼人知道她家是神社。在如此交談的兩人面前，遙斗突然正襟危坐起來。看來在他的心中，確實有個值得尊敬的對象排行榜。

「那你究竟為何想報答高龗神？」

遙斗身旁的黃金問道，想當然耳，他聽不見，因此良彥就像口譯一樣代為轉達。

「那你為什麼想幫高龗神的忙？」

遙斗秤斤掂兩似地打量良彥片刻過後，才娓娓道來：

「……我讀小學的時候，曾經在因下雨而水位高漲的貴船川裡溺水過。」

良彥一面目送高中女生們離開速食店，一面聆聽。

「我在熟人的店裡吃午飯的時候，突然下起局部性豪雨，河川的水位轉眼間就漲得很高。當時我爸媽在跟人聊天，我覺得無聊就跑去外面玩。爸媽有交代我別靠近河邊，可是我在車站附近玩耍的時候，鞋子不小心掉進河裡。我想撿起來，卻不小心打滑，整個人掉進河裡。」

貴船川雖然是條淺得可以蓋川床的河流，但是水量大、流速又快。那一天因為暴雨而使得濁流如洪水一般奔騰，再加上沒有設川床的車站附近河岸未經整備，還是小學生的遙斗轉眼間就被水流吞沒，一口氣沖向匯流的鞍馬川方向。

「當時我想呼救，可是水灌進鼻子和嘴巴裡，而且越是掙扎越是喘不過氣，我還以為自己死定了……」

在逐漸淡去的意識之中，年幼的遙斗清楚地預感到自己的死期。如果乖乖聽爸爸媽媽的話就好了，都是他自己一個人跑到河邊來才會變成這樣——各種後悔的念頭閃過腦海，而他的意識就在此時中斷。

「當我醒來以後，人已經在醫院的病床上。聽爸爸媽媽說，他們發現我不在，就和大家一起在附近找我，結果是當時也一起來的奶奶，發現我卡在下游的岩石之間。雖然我喝了不少水，但是身上連一道擦傷都沒有。」

——是貴船的神明保佑你獲救。

在病房裡重逢的祖母抱著遙斗，如此說道。

大家都說掉進冬天的河裡還能活著回來是種奇蹟。遙斗本身雖是半信半疑，但是老聽祖母和父母提起這件事，他也越來越相信真是如此。

一定是掌管水的高龗神救了自己。

「從那一天起，我就常纏著奶奶，請她跟我說神明的故事。她告訴我，其實神明老是聽人類許願，覺得很煩。還有，有種人專門聽候神明的差遣、替神明辦事，叫做『差使』。奶奶的娘家一直是信奉神道教，家裡也有神龕，知道一般人不知道的事。我猜是因為這樣，所以她連宣之言書的顏色和形狀都知道。」

聽了這些故事，遙斗開始有向高龗神報恩的想法。他不光是感謝高龗神救了自己，還希望能在高龗神有困難的時候幫上祂的忙。或許是在精通神事的祖母耳濡目染之下，他才養成這種獨特的報恩觀念。

「可是，我只是普通的人類，聽不見神明的聲音，也看不見神明的身影。我也想過要當差使，可是又不知道怎麼樣才能成為差使……」

「所以就說我『奸詐』……？」

良彥總算了解來龍去脈之後，不禁嘆一口氣。當時是否真是高龗神出手搭救，良彥不得而知；不過就整個狀況看來，良彥可以理解遙斗這麼想的心理。事實上，良彥也曾親眼目睹阿華搭救困在河裡的大學生。

遙斗不悅地看著良彥，喃喃說道：

「為什麼差使不是由這麼想幫忙神明的我來當，而是你這種既不起眼又軟弱，腦袋還不怎麼靈光的人……」

「喂，我全都聽見囉。」

良彥十分明白遙斗的心情，但是他絕不容許自己被損，即使遙斗損他的內容無限趨近事實也一樣。

「反正就是這樣，把高龗神吩咐的差事交給我。」

說著，遙斗毫不客氣地伸出右手。

「我來代替你辦理。」

「……我說你啊……」

「你做得到的事，豈有我做不到的道理！」

「可是你看不見神明，也聽不見神明的聲音吧？那你要怎麼和高龗神溝通？」

聽良彥這麼一說，遙斗從喉嚨深處「唔」了一聲。若要解決差事，必須直接和神明交談、獲取提示，有時也會在溝通的過程中想出解決的方法。再說，這是高龗神交代良彥這個差使辦理的差事，不能因為有人說要代勞，便乖乖讓給對方去做。

「真是有勇無謀的凡人……我肯定你的熱忱，但差使是幫眾神辦事的人，並不是只幫高龗神一尊神實現心願就了結……就算我這麼說，他也聽不見啊……」

黃金焦慮地豎起雙耳。見狀，穗乃香突然靈光一閃，抬起頭來提議：

「……不如讓他幫忙吧？」

這句話是對著黃金說的，但一旁的遙斗立刻有所反應。

「幫、幫忙？」

「也好，這倒還在容許範圍裡。」

黃金在瞪大眼睛的遙斗身旁點了點頭。

「既然黃金老爺也這麼說……」

「咦？要我和這小子一起辦理差事？」

良彥露骨地皺起眉頭。

「就算你拒絕，他也會跟來吧？既然如此，那還不如隨他去。」

「真的假的……」

遙斗跟不上兩人一神的對話，有些慌亂地環顧四周。

「等等，你們在跟誰說話啊……」

「方位神。」

「方位神？就是掌管吉神凶神和方違的那尊方位神？」

「你還真清楚。」

見良彥和穗乃香指向在自己看來只是個空位的地方，遙斗連忙定睛凝視。想當然耳，他完全沒發現黃金的黑鼻子僅在數公分之遙。

「總之，方位神也說只是讓你幫忙的話還行。你要怎麼辦？」

良彥拄著臉頰，望著遙斗問道。良彥完全不懂，自己為何得和這個一見面就說一大堆失禮話的人一起辦理差事。如果遙斗單純只是個熱愛神祕學的狂熱少年，良彥必然堅拒到底；但是說來不甘心，遙斗想報答高龗神恩情的一番話打動了良彥，他的話語中充滿對神明救命之恩的純粹謝意。

「這是我接下的差事，不能夠讓給你，頂多只能讓你幫忙而已。我也沒有打算要放棄差使的資格。」

這也是良彥成為差使以後一直放在心上的原則：只要接下神明交辦的差事，便得滿足委託者的期望。

遙斗咬著嘴唇沉吟片刻之後，大大地嘆了口氣，一臉不快地看著良彥。

「……好吧！我幫你的忙。」

「應該是『請讓我幫忙』才對吧？」

這個高中生當真是跩得要命。

被良彥糾正，遙斗雖然露出恨不得咬他一口的眼神，但還是克制下來，不情不願地說道：

「……請……請讓我幫忙……」

看見遙斗的反應，良彥微微睜大眼睛。良彥原以為他會繼續反抗，沒想到他居然忍下來了，看來是真的很想幫忙。

「我叫萩原良彥。」

良彥重新自我介紹，伸出右手；遙斗略微遲疑過後，才緩緩握住他的手。

⛩

跟著高龗神從高天原下凡的童子原本是小鬼模樣，有著尖尖的耳朵和利牙，頭上長角。雖然祂是隨從，但原本是高龗神的眷屬，與凡人結親之後，直到第五代才總算變成人類的模樣。

「對不擠。」

那是因為多嘴而被放逐的童子偷偷回到貴船時的事。祂縮著身子在鏡岩旁哭泣的模樣，至今高龗神仍常常回想起來。

「警原諒偶。」

祂也不擦拭哭得一把鼻涕、一把眼淚的臉龐，只是不住道歉。面對這樣的童子，高龗神終於讓步了。

——這把杓子給祢。

——祢要用這把杓子灑水，保育山林，把這件事當成祢的使命。

——這麼一來，就有清淨的流水滋潤凡人的喉嚨。

高龗神交付任務之後，童子非常開心，猶如小孩一般雀躍不已，並從各種角度觀賞高龗神賜予的杓子，又用手試握確認觸感，之後更是隨時攜帶，片刻也不離身。

每次想起當時的情景，高龗神的臉上便自然而然地露出笑意。每當回想起那一族，最先浮現於腦海中的總是童子。雖然在那之後，祂依然本性不改，老是惡作劇，讓高龗神頭疼不已，但是高龗神想起的往往是祂那副笑嘻嘻地帶著杓子行走的模樣。

深夜的山裡，高龗神站在自己當初下凡的鏡岩之前，輕輕地撫摸岩石表面。這一帶已成了禁地，除了部分神職人員以外，無人能夠進入。

童子與凡人生子，使得祂的生命變為有限，還沒活滿兩百歲便離開人世，並留下不似祂作風的遺言：要兒女及子孫們好好侍奉高龗神。

怎麼不從一而終，直到最後都當個惡鬼呢？

「……那把杓子究竟跑去哪裡……？」

高龗神用無精打采的聲音喃喃說道，搜索蒙上一層霧的腦袋深處。然而，記憶模糊不清，祂怎麼也想不起來。

「那把杓子……」

不知差使找得到嗎？

那是連繫自己和那一族的鐵證——

⛩

「我有一個疑問。」

在出乎預料的狀況下多出一名「助手」的隔天，良彥和放學後的遙斗會合，拿著市內的古董店和古玩藝品商名單，走在京都的街道上。

「既然祢知道童子的事，應該也知道杓子的事吧？比如杓子現在在哪裡、在誰手上。」

既然沒有線索，只能展開地毯式搜索。他們已經逛了三間店，但是至今仍未找到類似的物品。良彥也看過網拍，但是就他搜尋的範圍內，並未看到有人販賣杓子。

「雖然我記得有這個東西，但是不知道它現在的下落。話說回來，就算我知道，我也不會告訴你。」

腳邊的狐神給了個冷冰冰的答覆。的確，良彥也知道祂向來重視差使的職責分際，不可能輕易告知。

「是啊是啊，是我太笨，根本不該問你。」

良彥半是嘆息地喃喃說道。見狀，遙斗用見了妖怪般的眼神看著他。

「……你平常都是這樣嗎……？」

在看不見黃金的遙斗眼裡，良彥像是在自言自語又一個人鬧脾氣。受到如此客觀的檢視，良彥不禁五味雜陳地瞥了遙斗一眼。兩個人走在一起，遙斗的年紀明明比他小，卻長得比他高，也讓他難以釋懷。

「沒辦法，和黃金說話就會這樣。」

外出時，良彥只在無人的地方和黃金說話；但最近在自己的寢室裡，他也會和黃金交談，因此家人都以為他變得很愛講電話。

「欸、欸，那位叫黃金的方位神老爺，是、是什麼樣子啊？全身散發出神聖的金色光芒，拿著拐杖，很有威嚴的感覺嗎？」

遙斗露出一副心癢難耐的模樣，興味盎然地問道。他從祖母口中聽聞許多故事，當然對神明的外型也很感興趣。

聽了這番話，黃金突然翹起尾巴，挺著胸膛走路。

「畢竟祂是神明嘛！鬍鬚長不長？是不是穿著和服？」

遙斗接二連三地發問，良彥思考片刻之後，簡潔有力地回答：

「毛茸茸的。」

「毛、毛茸茸？」

「嗯，因為祂是狐狸。」

「狐狸！」

遙斗忍不住大叫。他雖然自知看不見，但還是仔仔細細地打量良彥的腳邊。

「良彥，你就不能換個好聽一點的說法嗎？只要老實說我是閃耀著金色光芒的美麗狐神就行了！」

「還有比『毛茸茸』更老實的答案嗎？」

良彥回嘴，黃金毫不容情地踹他的小腿。

「好痛～～～」

這一腳正中要害，真可謂是神乎其技。

良彥突然跌坐下來，遙斗戰戰兢兢地拍了拍他的肩膀。

「我、我問你喔，和我家養的貓比起來，哪邊比較毛茸茸啊？」

「誰知道！」

現在比起「毛茸茸」，良彥更想要溫柔的話語。良彥有點氣憤地心想，如果是穗乃香，一定會擔心他。既然要同行，當然是美女高中生比多話的高中男生要好。

「話說回來，你一定要這樣嗎？」

良彥皺起眉頭，指著遙斗雙手提著的紙袋。那是遙斗聽說高龗神在找杓子之後，四處收集來的杓子和相似的容器。打從剛才開始，遙斗每走一步，袋子便發出鏗鏗鏘鏘的聲音。

「這些是重要的正牌貨候補名單耶！帶著走有什麼不對？」

遙斗帶著不以為然的表情說道，良彥抱住腦袋。

「正牌貨候補……童子的杓子是石造的！你帶來的那些都是塑膠製的啊！」

「凡事總有萬一嘛。」

「並沒有！古代就有聚乙烯製的杓子還得了！」

這種不靈驗的杓子，良彥敬謝不敏。

在良彥斥喝之下，遙斗一時說不出話，視線停駐在路邊人家門前的石缽上。這時他靈機一動，跑上前去。那本來似乎是個洗手盆，是穿鑿天然石頭而成，裡頭裝著水，現在養了些水草和金魚。

「這個！應該就是這種的吧？這是石造的，而且看起來很舊！」

聽了杓子就忘了石造，聽了石造就忘了杓子，他的腦袋容量到底有多小？

「……你知道杓子是什麼吧？」

「……這小子看來不好打發。」

黃金喃喃說道，良彥嘆了口長長的氣。

「天然呆真可怕……」

良彥擱下愕然的遙斗，再度邁開腳步。助手是這副德行，不難想像前程將會多麼崎嶇。

雙手提著杓子的遙斗發出鏗鏗鏘鏘的聲響追上來，正要彎過轉角的良彥則發現正在尋找的古董店。店門前並未掛招牌，只用白色油漆在老舊的木框窗戶上寫著「收購古物」而已，讓良彥險些錯過。

「打擾了～」

良彥發出喀噹喀噹的聲響拉開門，發現店裡並不大，樸素的桌子上擺放著古伊萬里繪盤和古董玻璃製品。

「哦？好年輕的客人。」

戴著眼鏡在櫃台後方看報的老闆抬起頭來招呼。他戴著樸素的黑色毛線帽，一頭白髮全都被帽子遮蓋住。

「在找什麼東西嗎？還是要賣東西？」

「啊，不是，我是要找東西。」

目前去過的店裡，只要一看見良彥這種年紀的客人，店家都是一聲不吭地投以不歡迎的視線，這裡的老闆肯出聲招呼，已經算是很有良心。

「請問……」

「我們在找杓子。」

良彥正要說明，遙斗卻快他一步開口，良彥只能用半張的口輕輕嘆一口氣。老是搶先詢問差事內容的黃金也是這副德行，為何自己身邊這麼多不講禮貌的人？

「用石頭做成的杓子。」

「遙斗，我來說明就好。」

「我才不會讓你獨占功勞咧！」

「現在不是搶功的時候吧！」

就在兩人小聲爭論之際，興味盎然地看著他們的老闆放下報紙，走出櫃台。

「石頭做的杓子啊……」

不曉得老闆知不知道？良彥又補充說明一些特徵。

「聽說看起來也有點像是沒上漆的木頭……據說是某個社家代代相傳的物品。」

不過，良彥也沒有看過實物，不知道詳情。

「我沒聽過石頭做成的杓子。如果是金銀做的杓子，倒是很有可能留下來。」

「呃，那您有沒有聽過這類杓子的傳聞？任何傳聞都行！」

遙斗繼續追問，老闆苦笑著說道：

「你們確定那把杓子現在還保持原狀嗎？打個比方，或許杓柄的部分已經折斷，如今變得像一個碗……」

良彥不禁和遙斗面面相覷。這位老闆說得有理，自初代童子獲賜杓子之後，已經過了幾千年的歲月，杓子的形狀很有可能改變了。

「對喔……我沒想到這一點……」

良彥喃喃說道。搞不好杓子保持原狀的可能性還比較低。不過，若是如此，高龗神應該知道才對，但祂完全沒提過。

「對了，你叫遙斗？是不是斗央子的孫子啊？」

老闆望著陷入沉思的兩人，突然對遙斗問道。

「啊，對，斗央子是我的奶奶……」

遙斗困惑地回答，店主笑得更開心了。

「果然是。你長大啦！眼睛和她一模一樣。我們有個朋友在貴船開店，以前常在那裡開俳句會，所以常常和妳奶奶見面。我在你小時候也見過你一次。我是做生意的，很會認人。妳奶奶還好嗎？」

沒想到會在這種地方搭上關係，世界還真小呢。良彥往後退幾步，以免妨礙他們交談。

遙斗略微遲疑之後才說：

「……奶奶前年出了意外過世。」

聽見這句話，良彥忍不住抬起頭來。他一直以為遙斗的奶奶還在人世。

「這樣啊……唉，抱歉，問了這種問題。」

「沒關係，兩周年忌都辦完了。」

遙斗要低頭道歉的老闆別放在心上。從他的表情看來，他似乎已經調適好心情，這讓良彥又不經意地想起自己隱隱作痛的傷。

失去親朋好友的悲傷，良彥再清楚不過——

「……欸，這只是我的自言自語，你聽過就算了。我只是現在突然想說。」

良彥留下聯絡方式，請這家古董店的老闆如果有任何消息就聯絡他們，接著便前往下一間店。在半路上，遙斗先說了這個囉唆的前提，才開始說道：

「我小時候身體很虛弱，對運動也不在行，所以常常被取笑；雖然還不到遭人霸凌的地步，可是我很不甘心，常常哭著回家。那時候，奶奶總是激勵我。」

既然遙斗都說是自言自語，應該不要求人附和吧？良彥走在他的半步之前，漫不經心地聆聽這番話。

「奶奶是個很好強的人，她跟我說了一堆大道理，還說身體贏不過人家，可以用嘴巴反擊；若是嘴巴夠利，以後還可以當律師。其實我們家權力最大的就是我奶奶，聽說當初替我取名字的時候，她的意見也很多，直到最後一刻還在爭吵。」

良彥隱約明白遙斗這張滔滔不絕的嘴巴是受誰的影響了。就某種意義而言，他可說是照著祖母的期待長大成人。

「可是，她是一個很重感情的人。我在河裡溺水以後，她親手縫一個裝著守護石的護身符給我。這樣的她，直到最後都將貴船明神的符紙供奉在神龕裡，我每天早上都看見她在感謝神明。所以，為了奶奶，我也想好好答謝高龗神。」

想報答高龗神的恩情，想幫高龗神的忙——遙斗的這份心意，或許就是一路看著祖母虔誠拜神的身影才萌生。

「……接下來我要說的也是自言自語。」

良彥停下腳步等紅綠燈，一面望著馬路上的車流，一面娓娓道來：

「說『束縛』太過負面，說『承襲』又太過誇張，所以應該是『相連』吧。」

身旁的遙斗露出詫異的表情。

良彥承受著馬路上吹來的熱風，繼續說道：

「我爺爺以前也是差使。」

聽了這句話，遙斗睜大眼睛。

遠方傳來喇叭聲，以及疾駛而過的車子引擎聲。

「他不是個多話的人，卻是最了解我的人。」

遙斗本想說話，但是找不到詞語，只好閉上嘴巴。

三

「現在幾點？」

良彥一面摩娑穿著薄外套的雙臂一面詢問。

「一點半。」

遙斗穿起塞在機車後座裡的尼龍外套，看著智慧型手機的畫面回答。平時毫不引人注意的液晶螢幕光芒在黑暗中顯得格外強烈刺眼，兩人忍不住撇開臉。

時值深夜，白天兩人跑遍古董店和古玩藝品店，收集了許多狀似杓子以及本來可能是杓子的物品。這些東西大多是以破銅爛鐵價出售，要弄到手並不困難，但他們不知道裡頭有沒有要找的杓子，畢竟這堆東西裡連龜裂的碗和發霉的手提桶都有。現在仔細一看，便可知道他們找到半途已經神智昏亂、異常亢奮，才會蒐羅這些東西。

「那時候你該阻止我啊，怎麼連你都失去冷靜？你好歹是差使吧？這樣辦得好神明交辦的差事嗎？」

依然嘴上不饒人的遙斗，一臉厭煩地提著裝滿杓子候補名單的袋子。

「你還不是一樣？自己一頭熱，完全不聽別人說話。」

兩人的聲音在幾乎沒有光線的貴船山路上迴盪。

要判別收集的候補名單究竟有沒有正牌貨，只能依照高龗神所言，在祂下凡的丑時對著鏡岩舉起杓子看看。因此，他們才算好時間，騎著遙斗的ZOOMER—X前來。良彥認為未成年人深夜外出不妥，曾要求遙斗回家，但是一心想替高龗神效勞的他當然不可能聽從，甚至仗著隔天是星期六而一馬當先地騎機車前來。

他們怕引擎聲太大，便把機車停在半路的停車場裡，走上坡道，朝著位於山中的鏡岩邁進。一來是因為在山裡，二來是因為旁邊就是河川，氣溫感覺比市內還要冷上許多。這裡幾乎沒有路燈，照耀腳邊的只有一把小小的手電筒。

「話說回來……丑時啊……」

良彥喃喃說道。對於這個字眼，良彥完全沒有好印象。雖然高龗神說過，丑時釘草人是人類的創作，可是實際上有人這麼做是事實，如果碰巧撞見，可讓人不怎麼開心。

「你是白痴啊！虧我還刻意不去想，你幹嘛哪壺不開提哪壺！說了就更覺得恐怖！閉上嘴巴乖乖走路啦白痴！白痴白痴！」

身旁的遙斗露出出乎意料的慌張神態，並像小學生一樣惡言相向。良彥本來以為他很鎮定，原來他只是因為害怕才一聲不吭。

「罵別人白痴的人才是白痴～」

「這是誰規定的？幾點幾分幾秒地球轉第幾圈時規定的？請別空口說些沒根據的話！」

「你這張嘴巴真的像機關槍一樣耶。」

「可以請你用腦筋轉得快形容嗎？啊，對不起，我不該在語彙方面對你做任何要求。」

「……你們就不能安安靜靜地走路嗎？」

走在兩人前方的黃金，啼笑皆非地回頭說道。其實他們只是為了掩藏心中的恐懼而已，如果悶不吭聲會更加害怕。

「我、我有奶奶給我的護身符，那些東西就算要攻擊也是攻擊你！」

遙斗從口袋中拿出縮緬布製成的護身符，露出抽搐的笑容。

「你別、別說這種話！就是因為一直盯著地面看才會害怕。來，看看天空吧！還有星星可以看喔！」

良彥仰望天空，藉此分散注意力。從樹木縫隙間望見的，是在城市裡鮮少有機會看到的滿天星斗。

「……呃，獵戶座在哪裡？」

良彥停下腳步，尋找自己認識的星座。在山地緊挨著兩側的這裡，天空被茂密的樹林遮住，只露出天頂的些微部分。良彥在夜空中找到了幾顆明亮的星星，卻無法和記憶中的形狀互相連結。

「獵戶座是冬天的星座吧？這個季節怎麼可能看得見啊！」

遙斗在良彥身旁啼笑皆非地嘆一口氣。

「現在只看得見夏天的星座，像是天蠍座和夏季大三角。」

良彥目不轉睛地打量著一樣仰望夜空的遙斗。

「你對星座很有研究嗎？」

遙斗看起來不像在校成績很好的人，莫非天文是他的拿手科目？

「別瞧不起現任高中生。」

遙斗不快地瞥了良彥一眼，再度仰望星空。

「再說，我常和奶奶一起看星星，像是仙后座、隔著銀河相望的天琴座和天鷹座，還有北斗七星……」

「哦，我聽過北斗七星。」

良彥遠離理科和地科很久了，但這個名字依然勉強留在他的記憶之中。

「這麼一提，我記得北斗七星也是杓子狀吧？」

良彥忍不住在滿天星斗中尋找這個形狀。看來他的腦內被杓子占據的情況，遠比他自己所想得還要嚴重。

「是啊。不過北斗七星是出現在北方的天空，從這裡看不見。」

說著，遙斗指向北方，只見鬱鬱蔥蔥的山脈擋住了天空。

「搞什麼，原來看不見啊……」

良彥莫名失望地嘆一口氣。

他本來還在想，找不到足以確信是真貨的杓子，看看星星排列而成的杓子也好，誰知道連這點心願也無法達成。

「在平地比較容易看見。畢竟是一年到頭都看得見的星座……」

遙斗仰望天空，喃喃說道：

「奶奶也說，北斗七星是在天上全年守護著我們的星座……」

聽到這句話，良彥的視線從夜空滑向遙斗的側臉。他再度邁開腳步時，突然靈光一閃，拿出智慧型手機。正當他要開啟搜尋網站，走在前方的黃金突然停下腳步，害他險些踢到黃金的屁股，幸好他及時以難看的滑步閃開。

「黃金，祢幹嘛突然停——」

「你們有沒有聽見什麼聲音？」

黃金制止良彥，豎起雙耳。

「怎麼了？發生什麼事？」

晚幾步跟上的遙斗見良彥停住腳步，露出訝異的表情問道。

「黃金問我們有沒有聽見什麼聲音。」

良彥小聲地告訴遙斗，自己也豎起耳朵。冷汗從背上滑落。千萬不要是釘五寸釘的聲音——他只能如此祈禱。

「對於凡人的耳朵而言，聲音太遠了嗎？」

說著，黃金對良彥和遙斗吹一口氣。瞬間，良彥的耳朵聽見一道清晰的聲音。

「這是人的聲音吧……？」

那不像是充滿恨意的詛咒聲，倒像是嬉鬧聲，和一片靜謐的貴船山地格格不入。

「……是在奧宮的方向。」

一瞬間獲得黃金力量之助的遙斗愕然地喃喃說道，隨即猛然彈起，拔足疾奔。

「啊，喂！遙斗！」

良彥慌忙追趕在黑暗中毫不遲疑地疾奔的遙斗，而正要隨後跟上的黃金突然停下腳步，仰望天空。

在晴朗的夜空遠方，似乎傳來微微的雷聲。

良彥等人抵達奧宮時，看見前方的狹窄停車場裡停著一輛小客車；同時，幾個人的嬉鬧聲、在本殿方向搖曳的光線和帶著火藥味的煙，也跟著飄蕩而來。

「……是煙火。」

察覺此事的瞬間，有一股近似恐懼的感覺從良彥的腳邊爬上來。這裡當然嚴禁放煙火，本殿和拜殿都是木造的，近在咫尺的山上又堆積著落葉和枯枝。但除此之外，比起現實方面的危機，良彥的皮膚更加強烈地感受到——

整座山都為之顫抖的靜謐怒意。

「……他們幹了什麼好事！」

領悟事態的遙斗立刻跑向入口。晚上八點關門的奧宮柵門門鎖被破壞了，門戶大開。沒想到居然會有人跑進去。

穿過柵門之後的左手邊有個小小的手水舍，不知那些人是否曾在這裡玩水，水幾乎都被舀光，竹製的杓子掉在地上，旁邊還有一個啤酒空罐。

「居然如此愚昧，冒犯神域……」

黃金感受到精靈們的憤怒，鬍鬚劈啪作響。

「欸，我們是不是該叫高龗神來……」

說到這兒，良彥把剩下的話語吞下去。

這裡是祂的地盤，祂不可能沒發現，至今仍未現身，可是在哀嘆人類居然如此愚昧，不知道玷汙神域將會自食惡果？

抑或是祂感到失望嗎？

「喂，你們在幹什麼！」

良彥還沒提到，怒火衝冠的遙斗便對著那群人如此怒吼。

看來像是大學生年紀的這群人擅自攜帶食物、酒和手拿式煙火闖入，上半身脫個精光，正在大聲喧譁。

「你們知道這裡是什麼地方嗎！」

見到來勢洶洶的遙斗，他們瞬間安靜下來，但隨即發現對方並不是警察或神社職員，只是個年紀比自己小的少年，便噗哧地笑了出來。

「啊？什麼地方？不就是山裡嗎？咦？怎麼，小弟弟，你迷路啦？」

見狀，良彥皺起眉頭。看來這群人不是會善罷甘休的人。

「幹嘛？我們只是放放煙火而已啊！反正這裡是深山，再怎麼吵也沒關係吧？」

「住手！要是燒到建築物怎麼辦！」

遙斗從又要點火的半裸男人手中一把搶過煙火，男人勃然大怒，揪住遙斗的胸口。

「你幹嘛！」

一道鈍重的聲音響起，遙斗閃避不及，左臉頰挨了一拳，往地面摔倒。

「遙斗！」

良彥慌忙跑上前去，只見遙斗嘴角流著血站起來。

「很好，你這個王八蛋！」

他如此大叫，衝向半裸的男人。

「遙斗，住手！」

這群年輕的男人共有四人，而且各個看起來力氣都不小；從他們認為在這種地方放煙火絲毫不會不妥這一點看來，應該也不是什麼素行良好的人。但良彥這一方只有一個崇拜高龗神的普通高中男生和膝蓋受傷的打工族，要比力氣，他們的勝算很小。

「冷靜點，遙斗，還是報警比較好！」

良彥插進遙斗和半裸的男人之間，試著說服他。

「神社裡應該也有人值夜！」

「囉唆，閃邊去！」

「如果和他們打起來，你也會變成同類！」

聽到這句話，遙斗的視線瞬間動搖了。然而，對手卻乘隙抓住良彥的後領，硬生生把他拉倒。良彥扭動身體試圖抵抗，右膝竄過一陣銳利的痛楚。

「別在那邊囉哩囉唆！」

隨著這句話，一陣強烈的衝擊劃過左臉頰，緊接著擊向心窩，令良彥喘不過氣來。這股撼動腦門的強烈痛楚讓他無法呼吸。

「住手！」

遙斗大叫，想推開騎在良彥身上的男人，卻被另一個男人抓住，彼此互相扭打，但他又被掃了一腳而倒向地面。

「遙斗，別打了！」

見遙斗立刻起身並握住拳頭，良彥連忙大叫。他的臉頰和肚子痛得發麻，因此聲音不如想像中的響亮，所幸仍然傳到遙斗耳裡。

「可是！」

「別說可是！」

良彥一面用手臂護住臉部，一面說道：

「不要連你也跟著一起變成犯罪者！」

遙斗的祖母和高龗神一定都不希望這種事發生。

「咦？犯罪者是指我們嗎～？」

拿出新煙火的男人一面賊笑一面點火。

「所謂的犯罪，應該是指縱火之類的吧？」

男人臉上帶有瘋狂的色彩，良彥忍不住打了個冷顫。

「那就來試試看吧～？」

不知男人是否因為喝了酒的緣故，口齒有點不清晰。說完以後，他便拿著猛烈噴火的煙火走向本殿。

「住、住手！」

遙斗試圖制止，卻又挨了一拳倒在地上。良彥拚命扭動身子，但是肚子被人緊緊壓住，只能用腳徒勞無功地踹向空氣。在這段時間內，不斷變換色彩的煙火火焰逐漸逼近木造的拜殿，年代久遠的舞台想必瞬間會遭烈火吞噬。

「住手！」

隨著良彥的喊叫聲，坐在不遠處的黃金仰望天空。

「……來了啊？」

在祂喃喃自語的同時，一顆水滴滴落祂的鼻頭。剛才的星空宛若幻影，不知幾時之間，厚厚的雨雲覆蓋天空，並開始滴下雨水。

「……雨？」

面對突然下起的雨，在場眾人都忍不住仰望天空。就在良彥的臉頰感受到水滴的冰冷時，雨勢倏地增強，以貫穿之勢落下；同時，風勢也變強了，狂風搖晃著樹木，並帶來斜打的雨水。煙火的火焰立刻被澆熄，被傾盆大雨淋得倉皇失措的男人們連忙跑到樹下避難。

「遙斗，沒事吧？」

勉強撐起身子的良彥走向跌坐在地的遙斗，扶他起身，並逃到拜殿的屋簷下。幾乎就在同一時間，雷聲響徹漆黑的天空。

「剛才天氣明明還那麼晴朗……」

良彥一面抖動肩膀喘氣，一面仰望天空。

強烈得足以遮蔽周遭聲音的大雨毫不容情地拍打地面，覆蓋附近一帶的霧氣在強風的吹拂之下扭動飛舞。透過閃電的光芒，在對面的樹下互相依偎的男人們一瞬間映入他的眼簾，緊接著響起讓人懷疑天空是否會裂開的巨大雷聲。

「看來是激怒祂了。」

來到屋簷下的黃金抖動著身體甩掉水滴，又抬起鼻頭仰望天空。

「咦？什麼意思？」

良彥也跟著仰望天空問道。

雨勢變得更加強烈，地面轉眼間變成小溪，煙火旁的啤酒空罐也被水沖走。猶如瀑布的水流沿著屋簷流下，即使在極近距離之下說話也聽不見。不久後，閃電再度落下，在變得和白天一樣明亮的天空中，良彥看見環抱著神域的漆黑山脈。

良彥呆然說道。一瞬間映入眼簾的並不是山脈。

「……不，不對……」

而是足以讓人錯認為山脈的巨大黑龍。

守護此地、掌管水的水龍，高龗神。

接著，宛若水神咆哮，劈天裂地的轟隆巨雷響起。青白色的閃電，毫不容情地往互相依偎的男人們腳邊落下。

⛩

「……星星真美。」

良彥倚坐在拜殿上，視線從智慧型手機的畫面滑向空中，喃喃說道。

剛才的豪雨宛若一場幻影，抬頭仰望的天空再度放晴，星星不斷眨眼。一旁的停車場裡閃爍著警車的紅色燈光，那些年輕人正要被帶回警署。良彥他們也受到盤查，但他們是單方面的受害者，趕來的值夜神職人員又認得常來參拜的遙斗，再加上有已成年的良彥陪同，所以警察只告誡他們不該深夜外出之後，便立即放他們離開。腳邊受到雷擊的年輕人只受到輕微的燒傷，卻因為驚嚇過度而渾身發抖，乖乖地跟著警察離開。

「……嗯，很美……」

良彥身旁的遙斗帶著恍惚懵懂的表情仰望天空。

打雷之後，附近高級餐館的老闆擔心落雷打中本殿，便通知警察和值夜的神職人員。當時他一看見遙斗，便歪了歪頭問：

「你是不是高岡太太的孫子啊？小時候在河裡溺水的那個。」

聽六十幾歲的餐廳老闆這麼問，遙斗睜大眼睛站了起來。

「對、對！」

「果然是你。我還記得你那時候在我們店裡吃飯，一不注意就不見了，整個店裡都在找你，搞得雞飛狗跳的。哎，幸好你沒事。」

「對、對不起！那時候多虧您照應……」

遙斗連忙低下頭來。自己孩提時代曾勞煩對方照顧，今天又在這種狀況下重逢，真可說是因緣巧合。

「緣分真是奇妙。從前在江戶還是明治時代的時候，斗央子的娘家是在貴船，就是因為這層關係，她常來光顧我們這家店。沒想到今天我會以這種形式和她的孫子見面。」

餐廳老闆一臉懷念地說道，聞言，良彥比遙斗更先抬起頭來。

「咦？遙斗的奶奶娘家是在貴船嗎？」

遙斗似乎也沒聽過這件事，驚訝地看著老闆。一般人或許知道父母的故鄉在哪裡，但是祖父母的故鄉可就沒什麼機會得知。

「是啊。聽說斗央子的祖先代代都是社家，住在貴船這裡。前任宮司比較清楚，但他已經過世了。」

老闆對於遙斗毫不知情感到頗為意外，點了點頭如此說道。

「呃，那個社家一族該不會是姓……」

遙斗半是呆然地問道，老闆溫和地回答：

「是姓八的家族。」

「呃，為了慎重起見，我要問一下。」

良彥看著離去的警車紅燈，開口說道。

然而，他還沒把話說完，遙斗便先回答：

「你要問杓子的事吧？我也拚命在回想，可是我真的從來沒聽過……」

聽到這個預料之中的答案，良彥再度仰望天空，暗自想像著從這裡看不見的北斗七星。

「……為什麼奶奶從沒跟我提過八家的事？神明和神道的事她都說過，就是沒提過八家。原來奶奶是八家的人，難怪會信仰離我們家那麼遠的貴船明神。」

遙斗挨揍的臉頰腫了起來，口腔也受傷，說起話來有些困難。

良彥略微難以啟齒地說出自己的推測。

「……或許她是打算以後再告訴你……可是來不及。」

遙斗的祖母是意外身亡，應該沒時間留下遺言。如果是生病，知道自己來日無多，或許她會告訴遙斗更多真相。

聽良彥這麼說，遙斗什麼也沒回應，只是垂下了眼睛。他一定很想多聽些祖母代代相傳的故事吧。

「沒想到那一天溺水的娃兒居然是八家的血脈。」

聽見這道熟悉的聲音，良彥抬起頭來。

「啊，高龗神。」

不知幾時間，黃金身旁多出水神的身影。聞言，遙斗連忙環顧四周。

「咦？咦？哪裡？在哪裡！」

「那邊。」

良彥抓著轉錯方向的遙斗的衣服，讓他轉到正確的方向，不過，就算這麼做，他也看不見高龗神。

「呃，高龗神老爺！」

遙斗呼喚看不見身影也聽不見聲音的神。

「我想要報答祢的恩情！我想幫祢的忙，就像差使那樣，這種想法至今仍然沒有改變。不過……有件事我想請教祢。」

遙斗的視線四處游移，拚命說道。

「當時祢救我一命，是因為我是八家的子孫嗎？」

聽到這個問題，良彥困惑地望向高龗神。就某種意義而言，這是個殘酷的問題，遙斗不知道高龗神已經無力追尋八家的血脈了。

「老實說……」

在沉默片刻、揀選言詞之後，高龗神緩緩開口。

「那一天，我的確發現掉進河裡、卡在岩石間的你。不過，當時我並沒有救你的念頭。這無關你的來歷，而是因為神不能插手干涉單一凡人的生死。」

高龗神瞇起眼睛回憶當時，繼續說道：

「事實上，當時你已經沒有呼吸。我懷著些許憂慮暗想：『就像涓滴細雨化為洪流、總有一天又回歸天上一般，這個小娃兒的性命也會歸天嗎？』接著便打算離開現場。」

然而，當高龗神轉過身的瞬間，小男孩的喉嚨發出些微聲響，猛烈咳嗽起來。祂大吃一驚，回頭一看，只見小男孩蒼白的臉頰多了一點血色。他雖然虛弱，呼吸卻恢復了。

真是個堅強的孩子！

高龗神的臉上忍不住流露出笑意。凡人努力活下去的力量，是多麼美麗且尊貴，就連這麼小的孩子，都不放棄活下去的任何機會。

此時，停下腳步的高龗神聽見大人們尋找小男孩的聲音，便吹了一陣風到距離最近的遙斗祖母耳中，引她注意到小男孩所在的下游方向，之後，祂自忖神明只能插手到這裡、不宜多做干涉，便離開了現場。剩下的端看本人的運氣和生命力。

「……的確，當時發現我的是奶奶……」

經由良彥聽完高龗神的一番話之後，遙斗呆愣地喃喃說道。沒想到事情的經過是這樣。

「因此，對於你的問題，我的答案是『否』。我並不知道你是八家的子孫，而且要說我救了你，這樣的說法也不正確。你能夠活到現在，是因為你自己努力活下去，以及其他凡人傾力相救之故。」

高龗神用安詳的眼神凝視著遙斗。

「現在還活著的你，體內流的是父母、祖父母、曾祖父母的血，是他們延續了你的生命。對於神明的崇敬及感謝固然是必要的，但是，你也不能忘記這件事。沒有前人反覆幾萬次的生死，你不會誕生；沒有這麼多人扶持，你無法活著。」

聽完這番話，遙斗的雙眼靜靜地掉下淚水。

最能體會這番話的，應該就是遙斗自己吧。當年為了救年幼的他，包含祖母在內的許多大人都費盡心力。

是神救了他？還是人救了他？

答案是「兩者皆是」。

這不是一件特別的事，而是可以套用在每個人身上的神人之理。

良彥看著呆立原地的遙斗。他聽聞遙斗溺水的往事時，便曾感到可不思議：連丑時釘草人都不干涉的高龗神，怎麼會插手關係人命之事？原來背地裡有這麼一段故事。

「延續的生命……」

良彥彷彿看見壯大的歷史拓展於眼前，忍不住喃喃說道。他覺得自己似乎重新體認到「活著便是許多生命累積而成的結果」這個道理。

「你有報答我的心意就已足夠了。在只顧著許願的凡人聲音之中，你的感謝格外響亮動聽。有你的感謝，我已經心滿意足。」

良彥對遙斗複述高龗神的這番話之後，微微皺起眉頭，回頭看著高龗神。

「欸，這樣傳話很麻煩，祢可不可以直接跟遙斗說話啊？只要配合他的磁場，他就能看見祢吧？」

疲於口譯的良彥如此說道，聞言，黃金氣沖沖地反駁：

「你在胡說什麼，良彥！神豈能輕易在凡人面前現身！」

「咦？可是遙斗是八家的後裔啊。」

「那是兩碼子事！」

黃金斷然反駁，於是，良彥打出最後的王牌。

「就算他擁有高龗神在找的杓子也一樣？」

聽到這句話，眼睛瞪得最大的正是遙斗。

「啊？你在說什麼？誰有杓子啊？我可沒說過這種話喔！你是不是腦子被打壞啦！」

「我的腦子沒壞。」

良彥反駁，又指著天空給一臉詫異的高龗神看。

「雖然從這裡看不見，但不是有個星座叫北斗七星嗎？剛才我用手機查詢，上頭說北斗的『斗』就是杓子的意思。」

為何遙斗的祖母說北斗七星是守護他們的星座？如果，除了一年到頭都看得見以外，還有其他理由的話——

「遙斗，你說的奶奶是爸爸那邊的？還是媽媽那邊的？」

面對這個突如其來的問題，遙斗遲疑了一瞬間才回答：

「爸爸那邊的。」

「那你爸爸的名字是？」

「……彰斗。」

「奶奶叫斗央子，爸爸叫彰斗，而你叫遙斗，名字裡都有杓子的意思。我想，如果往前追溯，這個字一定是八家子孫代代相傳的。」

說著，良彥轉向高龗神。

「高龗神，其實我在想，杓子或許已經不在人世，所以八家人才把代表杓子的字眼加入名字之中，代代相傳，以免後人遺忘高龗神與初代童子之間的情誼。再說，祢真正的心願應該不是找到杓子吧？」

良彥一直感到不可思議。當他在古董店聽老闆說杓子可能已經失去原狀，才突然想到：幾千年前的杓子說不定早就不在人世，根本不用特意去找，而且高龗神不可能不明白這個道理。祂連杓子是什麼時候不見的都不知道，也沒聽到任何關於杓子的風聲或有人受害的傳言，為何突然需要杓子？

祂為何要良彥尋找杓子？

為何想起杓子？

良彥猜想，關鍵應該不是杓子，而是某種非常非常自然的感情。

「祢很想念祂吧？」

聽到這句話，高龗神頓時睜大眼睛。

「祢很想念初代童子，想念祢賜予杓子的那個闖禍精吧？」

宛若突然有陣涼風吹進腦子裡，高龗神呆立於原地。

隨著時代流轉，社家一族離開此地；高龗神樂見他們重獲自由，對於盡忠職守的現任神職人員們也沒有任何不滿。

雖然力量已逐漸衰退，但祂只當那是無可奈何的事，乖乖認命。可是，有時候，瑣碎的情感會突然湧上心頭。

起初兩尊神一起下凡，降臨此地。

祂忍受不了童子的多話，加以斥責。

還賜杓子給在鏡岩邊嚎啕大哭的祂。

以及滿臉喜色、杓不離身的祂。

越是讓人操心的孩子越可愛，這句話說得一點也沒錯。高龗神不時想起的，永遠是初代童子。當高龗神察覺，這種情感正是思念的時候，祂悄悄地封印起來，因為童子已經前往幽冥，再也喚不回來了。而在高龗神克制情感的期間，祂的心思漸漸轉換方向——至少拿回杓子來代替童子吧！

把杓子留在手邊，好好珍藏。

祂完全沒發現，自己在不知不覺間，將童子的身影和命令差使尋找的杓子重疊在一起。

「是啊……是啊！我很想念祂。我是在作無法實現的夢。」

高龗神凝視自己的雙手，淚水撲簌簌地掉落。

明明老是為了祂的惡行傷透腦筋，深受其害。

「我想再看看那小子……」

看看那個如同親生兒子一般疼愛的孩子。

黃金的視線垂落地面，雙耳豎起來。或許祂早已察覺到高龗神藏在心底深處、連自己也沒發現的感情。

「所以祢才那麼拚命地尋找杓子……」

良彥喃喃說道。

祂以為杓子消失，自己和童子之間的情誼也會消失。

其實根本沒有這回事。

「不過，杓子就在這裡。」

良彥抓住遙斗的手臂，帶他到高龗神的眼前。

「八家雖然功成身退下山了，但是他們並沒有忘記高龗神。」

活在當下的遙遠杓子——遙斗——正是這段情誼的最好證明。

「我、我就是杓子……？」

仍然一頭霧水的遙斗困惑地喃喃說道。

「……你活著，就是一切的證明……」

高龗神緩緩伸出手。

和初代童子共度的季節，八家隨侍在側的日子，以及和他們寫下的所有回憶。

甚至連現在已然不存在的杓子，都蘊藏在遙斗體內。

「……高龗神老爺，我根本不知道自己是八家的人，也不是那位童子，而且連祢的身影都看不見。不過……」

遙斗的視線搖曳，宛若在尋找看不見的高龗神。

「我可以再來看祢嗎……？」

詢問的聲音乘著晚風。

飛往過去的主人身邊。

「當然。」

隨著這句話，遙斗的臉頰在一瞬間感受到一陣溫暖。

他似乎看見一名溫柔微笑的老翁身影。

⛩

「……所以，差事算是全部解決了……？」

渾身是傷的良彥和遙斗在清晨各自回到自己家中，累得睡了一整天。再隔天是星期日，關心差事進展的穗乃香主動聯絡，和良彥約好中午前在大主神社見面。

「嗯。我覺得比之前的相撲更累……」

良彥坐在石階上，把宣之言書拿給穗乃香看。以烏黑墨水寫上的高龗神字樣上頭，蓋著流水紋的朱印。

「你去過醫院了嗎……？」

穗乃香一臉擔心地凝視良彥已經消腫但還留有瘀青及割傷的臉頰。良彥也沒想到這回辦理的差事，居然得和人進行肉搏戰。

「不要緊，只是口腔受了點傷，和身上有點跌打傷而已。話說回來，我的家人看了全都翻白眼耶。」

昨天他鼻青臉腫地回家，妹妹一見到他便皺著眉頭說：「這麼大了還打架？」而母親似乎整個想歪了，問說：「跟人家爭風吃醋啊？」父親則是默默無語地點了點頭。難道就不能有個家人認真地擔心他一下嗎？至於黃金，甚至在睡覺時迷迷糊糊地用腳踹良彥的臉頰。良彥覺得祂一定是故意的。

「居然瞞著我在這裡幽會，你還真有種啊！良彥。」

在附近掃完地歸來的孝太郎，見到坐在石階上的兩人，便用高高在上的態度如此說道，走上前來。然而，他的表情卻顯得神清氣爽，甚至能讓人感受到某種奇妙的靈光。

「幽會？如果要瞞著你，我會另找地方好嗎……」

良彥說到一半，孝太郎打斷了他，繼續說道：

「不過我今天心情很好，特別破例原諒你一次！你看，良彥，這個世界多麼美麗啊！」

孝太郎拿著掃把，攤開雙手，仰望迎頭灑下的初夏陽光。看見他這副模樣，在石階上整理毛皮的黃金一臉詫異地走下來。

「這個權禰宜是吃了什麼怪東西嗎？」

的確，孝太郎反常到讓人忍不住如此懷疑的地步。

「這個噁心的人是怎麼回事？」

良彥也悄悄詢問穗乃香。這顯然不是平時的孝太郎，孝太郎不該是這種誇張得像個音樂劇演員的人啊。

「昨天終於抓到半夜亂丟垃圾的人……是住在附近的大學生……」

穗乃香動作生硬地湊過臉來，小聲說道：

「所以今天早上沒有垃圾，他覺得很舒爽……」

「原來如此……」

把掃把當長棍耍的孝太郎，帶著更勝平時三成的笑臉回應問路的香客。對那些婆婆媽媽們而言，應該能夠發揮良好的療癒效果吧。

「啊，找到了、找到了！」

目送主動幫忙帶路的孝太郎離去之後，機車引擎聲隨即在身旁停下。

「我就知道你在這附近～話說回來，你又和吉田同學在一起！既然你是差使，就別在這種地方鬼混，快點去辦差事啦！」

和良彥一樣臉頰帶傷的遙斗跨在愛車ZOOMER—X上，一見面就嘰嘰喳喳地說個不停。

「那你又在鬼混什麼？閒著沒事幹嗎？」

「我才不閒咧！我可是在百忙之中特地抽空來找你，你要心懷感激！」

遙斗熄了火，脫下安全帽，並順手從五分褲口袋中拿出縮緬布製成的護身符。

「昨天回家脫衣服的時候，這個掉出口袋，而且因為繩子鬆脫，裡頭的東西便跑出來。雖然我知道裡面裝了什麼東西，但從來沒仔細想過那是『什麼』……」

「……我可以看看嗎？」

那不是遙斗的祖母送給他的寶物嗎？良彥如此詢問，遙斗裝腔作勢地點頭。

「破例讓你看。」

接過的縮緬布小袋比想像中的稍微重一些。一旁的穗乃香也興味盎然地窺探良彥的手邊。良彥拆開束口繩，慎重地傾斜袋子，有個拇指指甲大小的白色物體掉到良彥的掌心上。

「這是石頭嗎？」

仔細一看，這顆石頭有凹凸不平的一面，也有平坦光滑的一面；與其說是天然的石頭，倒還比較像是某種特定形狀物體的一部分。平坦的那一面有幾道條紋，若說這是木片，只怕良彥也會相信。

「咦？這該不會是……」

面對這些似曾相識的特徵，良彥忍不住望向遙斗。

「……我沒有確切的證據，所以接下來要說的只是推測而已。」

遙斗從良彥手中接過石頭，重新審視。

「決定下山的八家一族，或許在當時把杓子敲碎，並把碎片分給每個人或每一家，並把它當成守護石，和象徵杓子的名字一起代代傳下去……當然，經過漫長的歲月，或許有人把它弄丟了，所以我不認為所有碎片現在都還留著。不過……」

遙斗小心翼翼地緊握祖母留給他的碎片。

「只要在丑時把這個拿到鏡岩前，就能知道是不是杓子的碎片吧？所以，今晚——」

「還是算了吧。」

良彥柔聲制止他說下去。

「咦？可是……」

遙斗沒想到良彥會阻止他，困惑地眨眼。

「如果知道杓子的碎片傳承下來，高龗神應該會高興吧……」

「嗯，是啊，至少不會失望。」

良彥將縮緬布小袋遞還給遙斗，站了起來。想必這個小袋的每一針、每一線都包含遙斗祖母的心意。

「不過，如果丑時拿到鏡岩前沒有發光呢？如果這只是一顆普通的石頭呢？你能保證你不會失望嗎？」

聽到這句話，遙斗睜大雙眼。

實際上，比起看見杓子實物，見到繼承了始祖血脈及杓子之名的遙斗，應該更讓高龗神開心。童子的杓子的確是帶有種種回憶的寶物，但那終究只是物品，總有一天會腐朽消失。

「這顆石頭是杓子的碎片，更是奶奶送給孫子的護身符。這樣就夠了吧？」

是不是杓子的碎片，良彥不知道。

不過，蘊含在其中的祖母心意，則是千真萬確的。

「我也覺得這麼做比較好……」

穗乃香看著遙斗喃喃說道。

「因為我覺得，心意才是最重要的……」

「心意……」

遙斗的視線再度垂落至手中的石頭。

祖母把護身符交給他，並告訴他「有困難的時候，這個護身符一定會保佑你」時的表情閃過腦海。

「……是啊。」

遙斗把石頭重新放入小布袋裡，慎重地綁起束口繩，又略微尷尬地望著良彥。

「話、話說在前頭，我可不是遵照你的話去做喔！我是覺得吉田同學說的話有道理才決定這麼做。」

這種事有什麼好堅持的？良彥聞言，啼笑皆非地嘆一口氣。

「知道啦、知道啦，就當作是這樣吧。穗乃香，事情都解決了，正好肚子也餓了，要不要去吃點什麼？」

良彥故意從遙斗身上移開視線，邀請穗乃香一同用餐。他的口腔受傷，只想吃涼麵之類的食物，誰知母親居然說：「只要是冷的就好吧？」竟然準備了冷的擔擔麵給他吃，當時他一看險些昏倒。

「喂，我本來想邀請吉田同學的，你搶什麼搶啊！而且在這種狀況下你居然沒邀請我，簡直是豈有此理！」

「咦？怎麼？你也想去嗎？」

「我、我沒說我想去！」

見遙斗突然支支吾吾起來，良彥費了好大的勁才沒笑出來。遙斗和表情貧乏的穗乃香正好相反，心思全寫在臉上。良彥心想，和這種人來往也不壞。

「去吃烏龍涼麵，如何……？」

穗乃香站起來，微微歪著頭出了個主意。

「好啊，我贊成。」

「最好是有供應甜點的店家。」

「等、等等！別丟下我！」

遙斗推著機車，慌慌張張地跟上並肩邁步的良彥等人。

梅雨前的初夏陽光，在柏油路上躍動著。

八家真的存在嗎？

有一說指稱，太古時代和貴船大神一起下凡的是牛鬼，別名佛國童子。祂由於太過多話，被貴船大神將舌頭斷成八截，祂的子孫引以為戒，之後便改為姓「舌」。本作中的八家，便是以這個舌家為原型。過去有一段時期，貴船神社被視為上賀茂神社的攝社，後來到了江戶時代，因希望獨立而打官司，當時大為活躍的便是舌家的「舌左司馬」。對於神社的由來與典故造詣極深的左司馬舌戰群雄，逐一駁倒對手，可說是正好發揮了「舌家」的看家本領。

現在的貴船神社裡，
仍留存奉祀童子的攝社。

四尊　橘子之約

一

乍見橘子花　遙想當年　纏向珠城宮　往事歷歷如繪

明治天皇御筆

「糟糕，完全遲到了！」

良彥一面跑下二樓的樓梯，一面用智慧型手機確認時間。

「昨晚我不就說過了嗎？要你早點睡。誰叫你要一直看那個叫什麼滴逼滴的。」

從客廳走出來的黃金，啼笑皆非地看著慌忙奔走的良彥。祂已經忠告過許多次，良彥卻說沒關係，仍舊繼續熬夜，如今才會落得如此下場。

「因為那片ＤＶＤ今天就到期……」

說著，良彥發現他忘記帶那片ＤＶＤ，不禁大叫：「哎呦，真是的！」再度跑上樓梯。

黃金用眼睛追逐著良彥的身影，深深地嘆一口氣。有時候祂會突然感到懷疑，為何自古以來備受崇敬的自己得跟在這個毛頭小子身旁？

「啊，對了！」

慌慌張張地回到玄關的良彥一面穿上布鞋，一面回頭對黃金說道：

「昨晚宣之言書上頭又出現新的神名，是個很不起眼的名字。」

「不起眼？你把神的名字當成什麼！」

「好像叫什麼田地之間的。祢查查看是誰，我得出門了。」

「良彥，別再把我當成方便的工具！」

「那就拜託祢！我要出門囉！」

良彥完全無視黃金的吶喊，一溜煙地跑出玄關。

「……雖說只是代理人，但大神怎麼會指派這種人當差使啊……」

黃金目瞪口呆、虛脫無力地在玄關愣了好一陣子之後，再度嘆一口氣，拖著沉重的腳步爬上通往二樓的樓梯。別的不說，和差使以緒帶相連的宣之言書會自動跟著良彥離去，這要祂怎麼查？不知道正確的神名，只憑「叫什麼田地之間的」這句話就要找出是哪一尊神，根本是難如登天。

家中的人全都外出，只留下黃金一神的情形並不少見。平時祂總是到外頭隨興閒逛，或是去找附近的眾神談天說地，但是，今天祂得趁著家裡只有自己的時候辦完某件事。

黃金靈巧地用前腳開門，走進良彥的房間，做了個深呼吸，調適心情。接著，祂搖動尾巴，轉向衣櫃。

今天早上，黃金擱下呼呼大睡的良彥獨自下樓，而在良彥母親他們慌慌張張地準備出門時，祂在廚房裡發現一個意想不到的東西。

「只要默默忍耐，總有一天會有好運上門……」

黃金開心地豎起尾巴，走向衣櫃。良彥的妹妹購買的雜誌裡刊登的甜點特輯，黃金向來無一遺漏。當這樣的祂在冰箱裡發現那樣物品時，忍不住打了個顫。

最近市內新開了一間甜點店，而冰箱內印有商標的包裝盒中，留有一個那間店每次在上午就會賣得精光的泡芙。

那是由從法國學成歸國的明星點心師傅親手製作的柳橙泡芙，有著芳香的餅皮和清爽的香氣，還有甘甜多汁的柳橙果肉內餡，是這個季節的限定商品。

這八成是良彥母親或妹妹買來的，並留了一個要給良彥吃。不過，良彥對甜點沒什麼興趣，應該不懂這個泡芙的價值吧，或許就連泡芙不見了也不會發現。再說，糕餅類的甜點味道會隨著時間經過而變差，為了避免暴殄天物，黃金這麼做也是迫於無奈。

「——五穀雜糧、百草樹木……」

黃金邊吟著用餐前的和歌邊打開衣櫃。如果放在冰箱裡，祂怕良彥發現以後會拿來當早餐，所以便趁著良彥離開房間時偷偷拿到房裡來。

先用這個限定甜點滿足心靈之後，再慢慢安排今天的行程吧！黃金一面如此暗想，一面用前腳推開衣櫃門。

「皆日之大神普照萬物之恩澤——」

興沖沖地打開衣櫃的黃金見到眼前的光景，好一陣子啞然無語。

祂明明把泡芙放在良彥塞滿T恤的透明收納盒上，現在卻不見蹤影，反倒是有個大叔蹲在用衣架掛起的衣服之間。對方似乎沒料到會有人打開衣櫃，也是一臉驚愕地凝視著黃金。這個大叔的腳邊擱著一個空盒，雙手及嘴邊滿是奶油，顯然剛品嘗過泡芙。一陣似短又長的沉默在雙方之間流動著。

「……你……」

先開口的是黃金，祂的鬍鬚前端劈啪作響地散發出青白色的電離子。

之後，深深吸一口氣的黃金火山爆發了。

「你是誰～～～～～～！」

「饒、饒命啊～～～～！」

散發著雷電光芒的方位神魄力十足，在祂的威嚇之下，滿嘴奶油的小偷連一步也不敢動，只能發出窩囊的叫聲。

⛩

「……所以不但我的泡芙沒了，而且仔細一看，吃掉泡芙的還是神明？」

傍晚，打完工回家的良彥在自己的房間裡看見一臉尷尬的黃金，和一個垂頭喪氣、約莫四十幾歲、滿臉鬍鬚的陌生大叔。祂的頭上纏著淡藍色布條，下半身穿著看似白袴又像裙子的衣物，上半身則是長度及膝的胭脂色上衣，腰間綁著鮮豔的藍黃條紋布條。良彥不知道這些衣物是什麼材質製成的，但是看起來很有彈性，而且似乎很高級。從戴著翡翠勾玉首飾這一點看來，可知道祂並非尋常的大叔。

「當時事出突然，我一時間沒認出來，但錯不了。」

黃金在腳邊捲起尾巴，用平時的冷靜雙眼看著良彥。

「祂叫田道間守命，是大主神社境內奉祀的點心之神。」

「點心之神？」

良彥皺著眉頭反問。八百萬尊神的管轄範圍到底有多大啊？

「話說回來，莫非田道間守命就是……這個？」

良彥拿起丟在床上的宣之言書，展示上頭的淡墨色神名。他原先還以為是管理田地的神明呢。神的名字還是老樣子，根本看不懂要怎麼唸。

「沒錯，有時也寫成『多遲麻毛理』，《古事記》中應該也有記載。原來新的差事神就是爾啊？」

黃金再度望向垂頭喪氣地正座的田道間守命，只見祂一臉憂鬱地微微一笑。

「神明二字不敢當。雖然我當年是但馬國主，但只是一介凡人而已。是當時大王正好賜命予我，要我去找非時香木實……」

「非、非時什麼的……是什麼東西？」

那是當時暢銷的甜點嗎？良彥詢問，黃金替他說明：

「非時香木實就是現代人口中的橘子。用你比較熟悉的字眼來解釋，就是和蜜柑大同小異的東西。當時的點心即是水果，田道間守命便是因為帶回這種水果有功，才被奉祀為神。」

聞言，田道間守命不自在地垂下頭，深深地低頭行禮。

「在大主神膝下的同一個境內坐擁神社已經讓我十分惶恐，居然還承蒙黃金老爺如此過獎，我怎麼承受得起？請恕我剛才無禮！不知道那是黃金老爺的泡芙……」

「那、那件事不用再提了！」

黃金連忙阻止祂說下去，但是良彥用雙手抓住黃金的頭。

「不，當然得提，就從這件事開始解決吧。」

沒錯，先把這件事解釋清楚再說。追根究柢，整件事的開端，是黃金瞞著良彥偷偷拿走冰箱裡的泡芙。

「一扯到甜食，祢的眼睛就變得很利耶，只要跟我說一聲，我就會分給祢吃啊。」

昨天母親跟良彥說過她買了泡芙，但是直到今天聽黃金提起，良彥才想起這件事。

「你根本不懂那個泡芙的價值！如果繼續放著，味道會變差，必須盡快食用才行！」

「那也不能因為這樣就自己偷偷吃掉吧！」

「對、對不起！」

聽了良彥的話，低頭道歉的不是黃金，而是田道間守命。從冰箱拿走泡芙的犯人和吃了泡芙的犯人不是同一個，真麻煩。

「田道間守也在反省了，你就原諒祂吧。」

黃金用調停的口吻說道，良彥抓住祂的鼻口說：

「好像都沒祢的事一樣，祢也是共犯！」

「我又沒吃！」

「祢分明就打算吃掉！」

明明是以偷吃為前提把泡芙藏進衣櫃裡，真是隻厚臉皮的狐狸。

「連一口都沒吃到的悔恨心情，你能明白嗎！」

「不過是個泡芙嘛。」

「我期待很久了！卻眼睜睜看著它……」

黃金垂下耳朵訴苦，這回輪到身旁的田道間守命大叫：

「對不起！都是我的錯，我不該跑進這裡面來的！」

良彥抱頭苦惱。連他自己都不知道該責備黃金還是田道間守命。

「……話說回來，祢怎麼會跑進我的衣櫃裡？」

良彥一面整理腦中的千頭萬緒，一面望向田道間守命問道。這麼一提，他還沒問清楚原委呢。即使原本是人類，但田道間守命現在可是在正規神社裡受人奉祀的神明，為何潛入良彥家的衣櫃？雖然祂的名字出現在宣之言書上頭，但這是大神自行裁定的結果，應該沒通知要交辦差事的神明才對。

田道間守命垂下眼睛，尋找著言詞，又嘆了口長長的氣。

「……老實說，這陣子我在神社裡總是坐立不安。說來幸運，除了大主山以外，還有幾個地方奉祀我。可是，無論我逃到哪間神社，都有人來參拜……」

「祢老是聽人類許願，覺得厭煩了嗎？」

神明本來不是許願的對象，而是感謝的對象——良彥直到最近才明白這個道理，但是現代的日本人多半是把神明當成前者看待。莫非田道間守命也是對此厭煩的神明之一？

「……許願的人的確很多，但我原本也是人類，並不是不明白人們求神拜佛的心理。我不是因為這個原因……」

田道間守命在膝上緊握拳頭，繼續說道：

「我被當作點心之神奉祀，因此有許多點心業者來訪。今天是巧克力師傅，昨天是點心公司的高層，上個星期是前來旅行的外國廚師……」

「哦？祢還挺有名的嘛。」

良彥誠實地說出心中的感想。說來不好意思，良彥之前完全沒聽過祂的名號。

「有名有什麼用……我倒希望自己根本沒變成神明……現在我好怕受人參拜……」

「怕？」

良彥不解其意地反問。

「有不肖之徒對祢不敬嗎？」

黃金用黃綠色眼睛望著田道間守命，田道間守命垂下頭來，打了個顫。

「……如同剛才黃金老爺所說，我奉當時的大王之命帶回橘子，後人感念我的功績才把我當作點心始祖奉祀。換句話說，我只不過是把橘子的果實和枝椏帶回來而已。參拜這樣的我，做點心的手藝豈會變好……」

田道間守命顫抖著肩膀，潸然淚下。

「我、我根本沒做過點心啊！巧克力和奶油是有聽過，但對於蛋糕的製作方法卻是一竅不通！只是帶橘子回來的我，就連附近小孩供奉的仙貝上面的甜粉究竟是什麼做成的都不知道，大家到底對這樣的我有什麼期待？」

「不，那種甜粉是什麼做成的我也不知道……」

良彥不知道該如何安慰煩惱的大叔，姑且拿起手邊的面紙遞給祂。田道間守命似乎是在聆聽人們的心願之後，對於完全沒涉獵點心領域的自己產生自卑感及歉意，今天終於忍無可忍地逃離神社，在京都的街道上漫無目的地遊蕩。

「我經過這戶人家的時候，從窗戶看見黃金老爺，覺得不可思議就進屋一探究竟。誰知道這個家裡每個人都匆匆忙忙的，我受他們的氣勢震懾，一步步退到了櫃子裡……然後，裡頭傳來一股和橘子的清爽香氣很相似的甘甜芳香……」

「那就是柳橙泡芙啊……」

「對不起！我一時萌生懷念之情，克制不住好奇心……」

如果是普通的泡芙，或許結果就不一樣了。良彥看著再度想起自己沒吃到泡芙而露出惆悵眼神的黃金。愛好甜食的狐神和點心之神齊聚一堂，也算是難得的畫面。

「……話說回來，那個叫泡芙的點心真是美味。」

田道間守命擦拭眼淚，喃喃說道。

「吃下泡芙的瞬間，我心中所有的痛苦都飛到九霄雲外。原來現在的人間竟然有如此美味的點心……」

田道間守命想起初次品嘗的泡芙滋味，嘆了口氣說道。黃金立刻附和：

「人間還有許多美味的東西。泡芙當然是其中之一，還有包著櫻葉香紅豆餡的櫻餅，以及淋了甘甜黑糖漿的萩餅，味道最棒的則是加了冰淇淋和糖漬栗子的抹茶聖代！」

「什麼，還有這些東西！」

「好詭異的畫面……」

良彥喃喃說道。兩尊神湊在一起談論現代甜點，應該是很罕見的情景吧？

「田道間守，現在爾會如此不安定，力量衰退也是原因之一。祢原為凡人，卻能升格為神，是很了不起的人物，犯不著因為跟不上現代的甜點潮流而感到自卑。」

黃金似乎把同樣對甜點感興趣的田道間守命當成同志，突然對祂曉以大義。

「無論旁人說些什麼，爾只須抬頭挺胸即可。如果爾還是覺得無地自容，不如試著提升自我如何？」

「提升……？」

黃金的口吻讓良彥感到一絲危險，他不禁皺起眉頭。

田道間守命不解其意，如此反問。黃金就像是在等祂說出這句話，雙眼閃閃發光地說道：

「祢也變成明星點心師傅就行了！」

良彥聞言，不禁伸手摀住太陽穴。這尊狐神在說什麼啊？

「我、我變成點心師傅？」

「沒錯。說歸說，點心師傅又不是一朝一夕就當得成，爾不如先試著製作甜點如何？」

「……喂，黃金。」

原來黃金是在打這種算盤！祂一定以為，這樣就會有吃不完的甜點。良彥還在想黃金怎麼從剛才就一直在舔嘴，原來並不是他多心。

「製作甜點……我從來沒想過……」

把黃金的話當真的田道間守命，愕然地喃喃說道。對於煩惱得逃離神社的祂而言，這應該是個意想不到的提議。

「的確，只要我學會製作點心，心靈應該會更加平靜，也更能具有點心始祖的風範……」

「咦？等等，祢是說真的嗎？」

見祂們越說越像一回事，良彥頓時慌了手腳。

「黃金老爺，我也做得到嗎？」

「當然，挑戰新事物永遠不嫌遲。」

黃金帶著前所未見的溫柔眼神點了點頭。

「放心吧。爾做的所有甜點，我都會負責試吃。」

聽到這句話，良彥滿腹狐疑地望向黃金。祂九成是出於這個目的才如此提議吧。

「什麼！黃金老爺要親自幫我的忙嗎？」

「再說，爾現在是於宣之言書上浮現神名的差事神，可以盡情差遣差使，讓他幫忙。」

居然來這招？

田道間守命完全被黃金給拐走了，一臉深信不疑的神情。人類沉迷於宗教的時候，應該就是這模樣吧。

「差使兄，可以拜託你嗎？」

田道間守命投來求助的視線，良彥要祂先冷靜下來。

「話說在前頭，我可沒做過甜點喔！」

「就算如此，你還是比我了解現代的甜點啊！」

「話、話是這麼說沒錯……」

大神總不會受理這種差事吧——良彥如此暗想，但只是徒然，宣之言書已經在他身旁散發出淡淡的光芒。

「我想試著親手做甜點！」

隨著田道間守命的這句話，宣之言書的光芒變得更加強烈，原先以淡墨書寫的神名上了烏黑的墨水。

「……真的假的……」

良彥喃喃說道，黃金則在他的前方心滿意足地搖著尾巴。

二

在過去二十四年的人生中，良彥勉強可稱得上參與甜點製作的經驗只有一次，就是在幾年前的情人節前夕，被妹妹抓去當助手。當時他只負責加熱融化巧克力，所以根本稱不上是製作，只是幫忙而已。平時料理也大多是母親在做，雖然良彥有時會自己烤烤麻糬、煎煎荷包蛋，但這能不能稱為「料理」實在值得商榷。沒有獨居經驗的男人，除非是個人喜歡做菜或是受過母親訓練，否則大多是這副德行。

「這樣的我要做甜點啊……」

隔天下午，良彥帶著黃金祂們去逛事先查好資料的甜點店。由於田道間守命缺乏現代甜點的知識，良彥必須先教祂認識各種點心，再決定要製作哪一種。其實良彥也不是那麼喜歡甜食，只懂得概略性地區分蛋糕和餅乾，而且也不知道哪種做起來簡單、哪種困難。要這樣的他幫忙，田道間守命和大神也真是孤注一擲。

「即使統稱為蛋糕，事實上仍有很多種類，像巧克力蛋糕、夾心蛋糕、起司蛋糕……夾心蛋糕上常放水果。」

在百貨公司地下街逛了一圈後，黃金在西點店前得意洋洋地說明；田道間守命一面聆聽，一面勤做筆記。

「這裡的東西大多是三角形的，是什麼詛咒嗎？」

「不，這不是詛咒，本來是烤成圓形的大蛋糕，再分切成三角形。瞧，那邊有賣未分切過的圓形蛋糕。生日的時候就是買那一種。」

「什麼！本來是圓形的？」

田道間守命讚嘆地吁了口氣，並用小楷墨筆在良彥給祂的筆記本上做筆記。祂站在展示櫃前，連蛋糕的圖都畫下來，勤於吸收知識的模樣讓良彥不禁大為佩服。不愧是當年奉天皇之命前去尋找橘子的人，想必祂不僅深受信賴，辦事能力也很強。

「現代的點心和我從前所知的完全不一樣……這樣一來，我真的做得到嗎？我開始感到不安了……」

在前往下一間店的路上等紅綠燈時，身旁的田道間守命缺乏自信地垂下肩膀。

「曾受過天皇敕命的人說什麼喪氣話啊！對自己有信心一點。」

田道間守命明明遠比良彥年長，姿態卻放得很低，給人一種懦弱的印象。這也是力量衰退造成的影響嗎？

聽了良彥的話語，田道間守命含糊地笑著，並嘆了口氣。

「這和帶橘子回來不一樣……我還活著的時候，日本連砂糖都沒有……」

「咦？日本本來沒有砂糖嗎？」

「對，我記得是在奈良時代，一位名叫鑑真的僧侶從大陸傳過來的。」

「我好像聽過這個名字……」

鑑真不是連課本上都提過的名僧嗎？良彥只學過他關於佛教方面的事蹟，原來砂糖也是這個人帶來日本的。

「這麼說來，在那之前，果實的甜味對人類而言真的很寶貴……難怪祢會去找橘子。」

燈號改變，良彥再度邁開腳步。他一直不懂為何當時的天皇要特意命令田道間守命去尋找橘子，這下子他總算明白。

「是啊……而且，當時非時香木實被視為不死的果實，所以更加受到珍視……」

田道間守命一臉難過地皺起那張留著鬍鬚的臉，輕輕嘆一口氣。

「良彥、良彥，就是這裡！」

從地下鐵車站步行幾分鐘後，黃金在高瀨川邊某棟樓房的一樓店面前跳來跳去，通知良彥已經抵達目的地了。那是間漂亮的店鋪，有著南歐風的白色外牆，也是今天外出時黃金堅持一定要來的地方。

「好消息！今天是平日，所以人不多！如果是假日的話，至少得等上一個小時！」

黃金迅速地走進漆成粉藍色的店門。

「為什麼祂這麼清楚啊……」

祂該不會是常常來吧？良彥正要跟著黃金的尾巴進入店裡時，視線突然停駐在店門前的看板上。

「這裡是水果塔專賣店啊……」

海報的特寫照片上是各種五彩繽紛的水果塔，塔皮上盛著幾乎快滿溢出來的大量當季水果。店裡的展示櫃裡擺放著這些水果塔，客人可以在看過實物以後再決定要點購哪一種。如黃金所言，今天是平日，客人並不多，但是空著的座位依然屈指可數。店家對於以白色為基本色調的裝潢頗為講究，用的是鮮豔的花桌巾，還設置了露天座位，很符合女性的喜好。

「……等一下喔。」

良彥目送喜孜孜的黃金和手持筆記本、雙眼閃閃發光的田道間守命走進店裡，並環顧店內一圈之後，才猛然回過神來。

正在享用水果塔的幾乎都是女性，除了情侶以外，店裡完全不見男性的身影。一般男性要踏進這種充滿少女情懷的店，想必需要莫大的勇氣。良彥終於察覺狀況不對勁，但就在此時，發現來客的女店員已面帶微笑地迎面走來。

「請問要內用還是要外帶？」

沒錯，現在良彥是孤家寡人。

店員看不見黃金和田道間守命。看在她的眼裡，就是一名二十幾歲的不起眼男人，在平日的白天跑來甜點店。

「良彥、良彥，快看！這些水果塔的色彩多麼鮮豔啊！快來聞聞這股甘甜的香味！」

黃金無視呆立在店門口的良彥，整尊神趴在展示櫃上。

「差使兄，這是什麼水果？我從未看過如此美麗的水果！」

田道間守命也被塔皮上的水果吸引了視線，興奮地做筆記。

「……在、在店裡內用……」

雖然也可以選擇外帶，但是看這兩尊神如此興奮，良彥開不了口說要回去。如果這麼說，鐵定會引發一陣騷動。

良彥抖著聲音用奇怪的日文回答，店員又乘勝追擊地問道：

「一位嗎？」

「……對。」

良彥克制所有感情，露出微笑回答。

⛩

「……祢決定好要做什麼了嗎？」

被帶往露天座位的良彥，不時制止四處亂跑的黃金，並安撫著看了任何東西都要驚嘆的田道間守命，一臉不快地啜飲白色杯子裡的紅茶。他一個男人孤身前來，店員卻安排他坐在這麼顯眼的座位，究竟是特別優待他？還是故意整他？一面承受店內女性的好奇目光一面飲食，實在很耗精神。

而且使用大量當季水果製作的水果塔，一份就要七百圓左右，比較貴的甚至近千圓，以良彥的財力，頂多只能買兩份。因此，為了要點哪兩種口味，他們爭吵了許久，最後良彥以黃金和田道間守命的希望為優先，而他只能各吃一口。

「光是今天就看了這麼多點心，說實話，這讓我很猶豫……」

田道間守命剛才見了盛著芒果和香蕉的水果塔，便大呼小叫地說那是金塊點心；在吃下一口之後，又因為太過美味，險些高舉水果塔五體投地。祂翻閱這一天下來所做的筆記，為難地嘆一口氣。

「老實說，越是了解現代的點心，我越是沒自信。我從來沒做過菜，也不知道專用工具和食材的名字……我真的做得到嗎……？」

「這個嘛……試試看才知道啊……」

其實良彥自己也一樣，但又不能說他同樣感到不安，只能支支吾吾地如此回答。妹妹有一陣子迷上做點心，家中工具倒是一應俱全；再加上現在可以上網搜尋食譜，說不定還有人上傳製作過程的影片，即使外行人挑戰做點心，應該也不成問題吧？

「話說回來，在現代，男女老幼都可以享用點心呢。」

說著，田道間守命重新環顧店內。

「我還活著的時候，只有達官貴人才能吃到點心……」

「現在只要一有什麼喜慶就會吃甜點，像是生日、紀念日之類的。」

良彥望著在店內四處走動的黃金。祂吃完自己點的無花果塔之後，便跑去觀賞其他客人點購的各式水果塔。看來祂已經拋棄神明的尊嚴。

「大家看起來都好幸福。」

田道間守命雖然面露微笑，神色卻有些憂鬱。

「甜點是種療癒，也是種娛樂，最適合用來獲得小小的幸福感。」

良彥心有戚戚焉地說道。

當然，也有人不愛吃甜食，但是就男女老幼廣泛接受這一點而言，甜點是其他食品望塵莫及的；在「讓食用者感到幸福」這層意義上，甜點的支持率應該也很高，所以世上才會滿是蛋糕、塔派，而點心師傅或巧克力師傅等行業的人才會備受矚目。

「祢昨天不也說過？吃下泡芙的瞬間，所有痛苦都飛到九霄雲外。」

聽到這句話，田道間守命抬起頭來。

「對……和橘子相似的香味與甘甜的奶油在舌頭上融化，讓我感受到難以言喻的幸福。」

良彥突然發現田道間守命嘴上說幸福，臉上的表情卻抑鬱寡歡，似乎有什麼難言之隱。

「……我聽黃金老爺說那個泡芙是限定品，是用什麼貴重原料製成的嗎？」

田道間守命戰戰兢兢地望著良彥問道，一直在注意祂表情的良彥連忙尋找著言詞回答：

「咦？原、原料？呃，這我就不太清楚……不過，限定品應該只是一種製造稀有感的銷售方式吧……」

良彥對那間店及點心師傅所知無幾。或許那個柳橙泡芙用的是高品質的麵粉和雞蛋，但要說因為這樣才成為限定品，似乎又不見得。

「那麼……」

聽了良彥的回答，田道間守命遲疑地轉動視線，戰戰兢兢地說道：

「那麼，如果我想做那種甜點，辦得到嗎？」

聽祂這麼說，良彥忍不住瞪大眼睛。

「咦？祢是說那種泡芙？」

今天看過許多點心之後，結果最吸引祂的還是那種泡芙嗎？良彥還以為祂很喜歡剛才吃的芒果和香蕉塔呢。

見了良彥的反應，田道間守命慌忙解釋：

「當、當然，我不認為自己能夠做得和外面賣的一模一樣！可是，如果我能自己做出那種泡芙……」

田道間守命沒把話說完，話語到嘴邊又吞下去。

「不過，以我的本事，應該是辦不到吧……」

祂還是一樣缺乏自信，語尾消失在嘆息裡。

「如果是普通的卡士達奶油泡芙，網路上應該到處都找得到食譜……」

良彥抓了抓腦袋，開始思索。那種泡芙使用的應該是柳橙奶油，不知道網路上有沒有介紹製作方法？

「如果要做，我要用那種有橘子香的奶油。」

田道間守命難得如此堅持，令良彥略微震驚地眨了眨眼。祂向來懦弱，但是在這一點似乎不願妥協。

「哎，應該沒問題吧……話說回來，祢那麼喜歡那種泡芙啊？」

既然祂那麼喜歡那個不小心吃掉的泡芙，那就盡力做出相近的東西吧。

「那就來試試看！如果不行，再來想辦法。」

泡芙應該沒用到什麼特殊的材料才是。使用柳橙奶油或許比一般奶油更費功夫，不過，既然田道間守命堅持使用，那就試試看吧。比起讓花心的丈夫改過自新或是把划船社趕離河邊，這件差事要來得輕鬆愜意多了。

「差使兄……」

田道間守命眼眶濕潤地看著良彥，並深深垂下頭來，說聲「麻煩你了」。

⛩

「泡芙……？」

隔天，因為三方面談（註10）而提早放學的穗乃香，接到良彥的聯絡之後在三點前登門造訪。她看見廚房裡的慘狀，先是皺起眉頭；聽到他們打算做什麼之後，又歪了歪頭。

「對，泡芙。」

臉上沾了麵粉的良彥一本正經地點頭。

在他身後，失去自信的田道間守命一樣是滿身麵粉，與散亂的碗公及烘焙紙對坐；黃金則是打著試吃的名義，正在啃食剛才烤好的四不像泡芙。

「我們明明是照著食譜做，可是泡芙完全膨脹不起來。今天已經烤了兩次，兩次都不行。第一次是餅皮整個攤開，活像皺巴巴的仙貝；第二次烤的則是這樣。」

良彥遞出留在鐵板上的物體。

「……餅乾？」

穗乃香接過，誠實地說出感想。完全沒有膨脹、變得硬邦邦的餅皮，根本連一絲泡芙的影

子都看不見。

「看起來很像餅乾吧？不過，我們做的是泡芙……」

良彥趁著昨晚上網搜尋食譜，並檢查廚房，確認工具是否齊全；待家人都出門以後，他們便開始製作泡芙。誰知人手雖然多，但各個都是大外行，過程遠比想像中的更加悲慘。

首先，為了讓空氣混入低筋麵粉中，必須先把麵粉放進麵粉篩裡篩過。這件工作交由田道間守命負責，但他過於起勁，搖得太用力，把周圍變成一片雪景。良彥拜託黃金在他幫忙收拾的期間看好奶油，誰知黃金居然真的只在旁邊看，直到良彥聞到焦味才發現烤焦了。其實在這時候良彥便已想喊停，但是又不能這麼做，只好從頭來過。可是，田道間守命始終用力過度，想打蛋卻把蛋捏碎；黃金則是完全不計量，總是隨便把材料扔進去。好不容易把蛋打好，明明交待黃金慢慢倒進去，祂卻一口氣倒個精光；見麵粉變得黏答答，祂就說再多加點麵粉就好。當良彥回過神來時，發現最關鍵的田道間守命只顧著做筆記，根本沒有參與製作。這些神明老是做些出乎良彥意料之外的事。

註10：老師、家長及學生一起進行面談，談論學生在校學習的狀況，或升學、就業等未來出路事宜。

「所以我才向妳求救……」

良彥頂著空虛的眼神說明經過。雖然克服了種種困難，烤了兩次泡芙，但結果都是失敗收場，實在令人灰心。

「對不起，差使兄……要是我有點技術就好了……」

滿頭麵粉、連鬍鬚都變白的田道間守命坐在廚房的椅子上，沮喪地說道。

「不，祢也沒下過廚，沒辦法……」

畢竟他們都是新手。以田道間守命的情況而言，第二次的表現已比第一次好上許多，只要多試幾次，應該能掌握訣竅。現在的祂只是用力過度而已。

「味道還不錯，不過形狀活像碟子。」

黃金喜孜孜地從鐵板上搜刮剛出爐的泡芙，搖了搖尾巴說道。

「祢還有心情吃，問題就是出在祢身上！材料不是隨便丟進去就好！」

「我是在幫忙耶！這麼說未免太傷人。」

「那不叫幫忙，叫妨礙。」

說穿了，黃金只要吃得到甜食就心滿意足。如果可以，良彥希望祂別光顧著吃失敗作品，而是多想想如何找出通往成功的道路。

「……田道間守命老爺？」

在良彥和黃金爭論的時候，穗乃香走到田道間守命身邊。

「之前我在境內看過祢……」

「哎呀，是嗎？沒想到宮司的千金擁有天眼，我也是聽差使兄說了才知道，因而頗驚訝。對不起，居然是在這種情形之下和妳打招呼。」

田道間守命露出困擾的笑容。

「泡芙好像很難做……」

穗乃香看著散亂的桌上。摻在奶油裡一起烤焦的柳橙醬殘骸黏在鍋底。

「……你們用了柳橙嗎……？」

「對，是我拜託差使兄一定要用的。」

聽了穗乃香的問題，田道間守命的視線垂落在慘不忍睹的柳橙之上。

「……不過，或許說穿了，只是我的自我滿足而已……」

良彥看著垂頭喪氣的田道間守命，開口鼓勵祂：

「不管是不是自我滿足，總之也只能試試看了。再說，穗乃香來幫忙啦！其實我一開始就該找她來的。」

光靠兩個門外漢和一隻狐狸就想挑戰製作點心，根本是一大錯誤。說到點心，就該聯想到女生啊！為何良彥沒早點發現這個道理呢？

「我媽媽五點回家，趁她回來之前，我們再試一次吧。就算只做出柳橙醬也好，至少之後會比較輕鬆。」

既然穗乃香來了，就可以分頭製作餅皮和奶油。其實良彥本來是想讓田道間守命獨力製作，但是祂現在自信全失，還是先讓祂有些成就感比較重要。

「穗乃香，能麻煩妳做餅皮嗎？這是食譜，低筋麵粉在那邊，工具隨妳使用。」

良彥催促癱坐在椅子上的田道間守命開工，並著手準備製作柳橙醬。

「……穗乃香？」

待良彥在廚房裡丟棄焦黑的柳橙並清洗過鍋子之後，他發現穗乃香仍然握著低筋麵粉杵在原地，便朝她喚了一聲。

「……篩……低筋麵粉……」

見她凝視著食譜喃喃自語的模樣，良彥感受到一抹不安。這麼一提，良彥因為穗乃香是女生便一味認定她懂得製作點心，其實根本沒問過她本人。良彥很想相信她至少做過餅乾，但是搞不好連這都是他自己的成見。不過，即使完全沒有製作甜點的經驗，光是有個知道工具和材料名稱的人類在場，良彥的心裡就踏實多了。

——只要她別失控就好。

「穗乃香……」

然而，當良彥神色凝重地再度呼喚時，穗乃香居然拿起裝著低筋麵粉的袋子用力上下搖晃。眼見這個情景，良彥不禁猛然垂下頭來。

⛩

「……呃，對不起……」

好不容易趕在母親回家前結束第三次挑戰，良彥慌慌張張地把廚房恢復原狀，接著又為了送穗乃香回家而離開家門。

「不，我才該道歉，給妳添麻煩了。」

是良彥硬把「女生一定會做點心」的成見套用在穗乃香身上。良彥配合穗乃香的步調走路，瞥了她白皙的臉頰一眼。

發現穗乃香是第一次製作點心之後，良彥便抽空教她步驟，又建議田道間守命別過度用力，並要求黃金別搗亂。歷經一番奮鬥過後，順利完成的只有田道間守命製作的柳橙醬。至於穗乃香這邊，從烤箱取出的餅皮雖然一度成功膨脹，卻又立即萎縮，而且她還把鹽和砂糖搞混，常見的錯誤都犯過一遍，因此現在似乎有點沮喪。

「……早知如此，我該多學著做點心……」

聽見穗乃香如此喃喃自語，良彥的心頭閃過一陣鈍痛。聽孝太郎及穗乃香本人的說法，擁有特殊眼睛的她似乎沒有朋友；而身為宮司的父親和協助父親工作的母親都很忙碌，就算她想做點心，應該也沒人陪她一起製作或分享成果吧。

「……啊，呃，良彥先生。」

正當良彥陷入自我厭惡中，身旁的穗乃香似乎下定決心，抬起頭來問道：

「我、我明天還可以來幫忙嗎……？反正是星期六，我也沒有其他事……」

說著，她又有點尷尬地垂下視線。

「雖然不知道幫不幫得上忙……」

望著她的表情險些出神的良彥連忙打直腰桿。

「當、當然可以。妳肯來幫忙，我很感激。大家都是初學者，妳就抱著和田道間守命一起練習的心態來幫忙吧。」

雖然有種成了點心教室的感覺，但現在容不得良彥挑三揀四。再說，比起三個大男人弄得全身麵粉，有個可愛的高中女生在場起碼賞心悅目許多。

「啊，對了，做好之後可以送給泣澤女神啊！我想祂一定會很高興。」

春天送祂草莓時，祂歡天喜地地收下了。祂應該也會歡迎泡芙的到來吧。

聽了良彥的提議，穗乃香的嘴角微微浮現笑意，點了點頭。

「如果成功做好點心，田道間守命老爺應該也會有些自信……」

嘗試三次才完成柳橙醬的田道間守命，為此已經感動得痛哭流涕，但接下來才是重頭戲。

「祂看起來實在很不牢靠。明明當過國主，受過天皇的敕命，死後還成為神明，就算如今力量衰退，也不用把自己看得那麼扁吧？」

面對不盡人意的現狀，良彥嘆了口氣仰望天空。

明明天色還很亮，天空卻是灰濛濛的梅雨色調，不過，看來一時之間還不會下雨，應該可以撐到良彥送穗乃香回家並打道回府之後。

「……祂是不是有什麼內疚的原因？」

在十字路口，頭髮被駛過的車子吹得飛揚的穗乃香小聲說道。

「內疚？」

良彥勉強聽見險些被引擎聲蓋過的聲音，如此反問。

「我以前也因為討厭這雙眼睛而喪失自信……」

穗乃香用那雙宛若能夠看穿一切的天眼望著良彥。剛認識時，這雙眼睛帶著冰冷的色彩，但現在似乎變得柔和許多。

「……對喔。這我倒是沒想過……」

良彥一直以為田道間守命會如此懦弱，是因為力量衰退之故。在半是被黃金慫恿的狀態下，祂說想試著製作點心以培養自信，應該也不是謊言。

但是，如果另有根深蒂固的原因——

「謝謝妳，穗乃香，我再想想看。」

聽良彥道謝，穗乃香客氣地搖了搖頭，臉頰微微泛紅。

回到家以後，良彥看見黃金在他的床上躺成大字形呼呼大睡。至於田道間守命，似乎是坐在書桌前記錄今天的泡芙製作結果及自我反省的地方，結果就這麼趴在桌上睡著了。想必是因為做了不習慣的事，才累得睡著吧。不過，有隻狐狸比較像是單純因為吃飽就睡著了。

「祂還做筆記，真是認真……」

良彥窺探桌上攤開的筆記本。他拿了一本沒在用的筆記本供田道間守命使用，而祂現在幾乎已用掉一半。筆記本上記錄著他們昨天一起四處觀摩過的蛋糕和塔派的大小、色澤及裝飾的水果種類，連味道都鉅細靡遺地描述；尤其是水果塔上的香蕉和芒果，祂似乎是初次品嘗，還寫下當時的感動。

「是啊，祂活著的時候，應該沒有香蕉和芒果吧……」

對田道間守命而言，那應該是極富衝擊性的滋味，畢竟這些水果遠比當時備受重視的橘子甘甜許多。

「既然這麼喜歡，幹嘛不選香蕉做成的點心？」

田道間守命的身旁放著祂費盡千辛萬苦製成的柳橙醬。良彥輕輕地拿起瓶子，他能夠體會田道間守命的喜悅之情，但柳橙醬還是放進冰箱裡保存比較好。良彥得把它藏好，免得被母親或妹妹發現。

「話說回來，祂為何這麼執著於柳橙醬呢……？」

良彥望著手中的瓶子喃喃說道。當良彥詢問田道間守命想做哪種點心時，祂說要做加了柳橙奶油的泡芙；明明先前才剛吃完水果塔而且讚不絕口，祂卻一反常態，堅持使用柳橙奶油，並說那種香氣和自己帶回國的橘子香味很像。良彥雖然能夠體會祂的懷念之情，卻又覺得這份執著有些異樣。

「……內疚啊……」

良彥想起穗乃香的話語，以及田道間守命在水果塔專賣店裡一瞬間露出的表情。那是種有口難言、欲言又止的表情。

是因為喜歡而執著？

還是因為懷念而執著？

又或者是——

「……祂有什麼必須使用橘子的理由嗎？」

良彥沉吟道。

祂到底在橘子裡看見什麼？

沉思片刻之後，良彥靈光一閃，靜靜地離開房間。他把柳橙醬放進冰箱裡，再度走出家門。這麼一提，除了身為「點心始祖」這一點以外，良彥對田道間守命一無所知。祂生在什麼時代？有什麼觀念？過著什麼樣的生活？或許良彥不知道的答案就在其中。

三

「其實你犯不著親自出馬啊……」

那是在某個閒適的晴朗春日。

年過百歲的大王沒帶任何隨從便離開珠城宮的宅邸，走在秋天就會結穗的田邊，像小孩一樣生悶氣。

「你身上的確流著渡海而來的祖父血統，身邊也有精通航海術的隨從，和他國談判應該不成問題。可是，你也不用因為這樣就志願前往……」

大王鼓起腮幫子，回頭看著走在身後的男人。他只有在面對親近的人時才會露出這種表情，即使髮鬚變白依然不減的威嚴，在這時候全都不見蹤影。

「為了大王，我當然該去。我已經徵得朝中重臣的許可，大家都很贊成。」

面對和小孩一樣鬧脾氣的大王，田道間守命面露苦笑地如此說道。接納身為大陸移民的祖父，慷慨允諾他們一家在日本落地生根的，便是這位大王；代替父親陪伴早年喪父、年紀輕輕就成為但馬國主的田道間守命的，也是這位大王。

這樣的大王在今年春天染上惡疾。

「如果是為了朕，那就算了吧。打從天孫的時代，人的壽命便是有限的。不死的果實只是迷信，你不用為此冒險。」

雖然還不到臥病在床的地步，大王卻一天天地衰弱。因而在前幾天，眾臣研議要去尋找傳說中擁有不死之力的芳香甜果——非時香木實——獻給大王，田道間守命則自告奮勇，擔下前往常世國採擷果實的大任。

「那可不成。大王對我們祖孫三代恩重如山。祖父在離開祖國之後，能夠獲得第二個故鄉的恩情，還有大王把我們父子當成親生孩子一般疼愛的恩情，都不是區區一顆非時香木實便報答得完。」

大王苦著臉看著如此訴說的田道間守命，停下腳步，慎重地再次詢問：

「你說什麼都要去？」

「對。」

「就算身為大王的朕阻止你也一樣？」

「對。」

「就算是做爺爺的拜託你也一樣？」

「對。」

田道間守命忍著笑點頭。只要能救自幼便如同祖父般關懷自己的大王一命，只要能夠報答他的恩情，天涯海角田道間守命都願意去。

「只要吃了非時香木實，大王的病一定會痊癒。這種珍貴的果實必能替大王帶來生機。」

面對堅持己見的田道間守命，大王沉吟片刻，終於死心地嘆了口氣。

「既然你都這麼說了，我也無可奈何。我知道你很頑固，說再多都無濟於事。」

大王皺著眉頭如此說道，又嘀咕一句「也不知道究竟是像誰」。

在和煦春風吹拂之下，大王環顧眼前的田野，喃喃說道：

「……這會是一段很漫長的旅程。」

前往常世國，得坐上好幾天的船；若是遇上暴風雨，一條小命轉眼間便會消失於海浪波濤之間。即使平安渡海，也不見得能夠輕易找到非時香木實；這趟路上會遭遇什麼危險，更是難以預料。

「我已經做好心理準備……」

沒人保證田道間守命能夠平安歸來。

「田道間守……」

大王用雙手撫摸田道間守命的臉頰，慈祥地望著那雙打從襁褓時便已經熟識的雙眼。

「你一定要活著回來。」

這道溫暖的聲音至今仍在耳邊迴盪。

「——大王……」

田道間守命被自己的低喃聲喚醒了。

昨天做完泡芙之後，祂便趴在桌上睡著，不知幾時之間，背上多了條毛巾被。從窗簾的縫隙之間，可以看見外頭天色已經變亮，陽光普照大地。回頭一看，黃金在床上睡成大字形，鼾聲如雷；而良彥似乎已經起床，房內不見人影，枕邊只留下他充當睡衣的T恤。

「是夢啊……」

田道間守命輕聲說道，將無處宣洩的感情連著嘆息一起吐出口中。剛才的夢境就和祂還是人類時所作的夢一樣鮮明，令祂萬分懷念。

直到剛才，再也無法觸及的溫暖都還近在身邊。

「咦？」

田道間守命發現被祂壓著睡覺的筆記本上有個扭曲的圓形痕跡。祂原以為是錯覺，湊近一看才發現是水漬。

是水滴到了筆記本上嗎？當祂如此暗想，伸手觸摸的瞬間——

才發現沿著自己的臉頰滑落的一行清淚。

⛩

當天，一早就不見人影的良彥在家人都起床活動、各自離家辦事或購物之後，依然沒有回來，只在枕邊留下字條表示「中午前我會回來」，並放了一張千圓鈔，囑咐「交給穗乃香」。

「……我不知道他在打什麼主意，不過他不是一個會擱下差事逃之夭夭的人。」

不愧是共同生活了幾個月的神明，黃金絲毫不為所動地說道。

「既然他說中午前會回來，就放寬心等他回來吧。」

見狀，田道間守命帶著些許讚嘆之情望向黃金。祂和良彥之間果然相互信賴。

「我一直以為方位神老爺對凡人很嚴厲……」

身為方位神的黃金以「金色恐怖」之名，灌輸凡人神力無邊及敬畏之心的事蹟，田道間守命也曾耳聞。

「祢、祢在胡說什麼！我並不是對他特別好！只是陳述事實而已！」

黃金豎起耳朵抗議，但是缺乏魄力。就在祂們一來一往之間，門鈴突然響起，田道間守命嚇得跳起來叫道：

「什、什麼聲音！」

「別擔心，只是通知有客人上門的鈴聲。八成是那個女娃兒。」

不愧是時常看家的黃金，已是識途老馬。

「不過，有時候大年神也會故意按門鈴來訪，所以不能大意。如果不理祂，祂就會擅自跑進來，趁我午睡時悄悄站在枕邊嚇我。」

閒來無事的眾神居然會玩這種無聊的遊戲。黃金快步走向玄關，田道間守命也隨後跟上；來到門口，黃金感覺出門外有她的氣息，便立刻打開門。

「果然是妳。」

依然像個美麗娃娃的穗乃香就站在門外。

「今天早上良彥先生傳簡訊給我……」

穗乃香帶著向來感情不外露的白皙臉頰，在門口告知她的來意。

「他說他有留錢，要我在他回來之前替他把東西買好……」

聞言，田道間守命想起留在枕邊的千圓鈔。原來那是要用來採買。

「他有告訴妳他跑去哪裡嗎？」

「沒有……」

面對黃金的問題，穗乃香搖了搖頭。

田道間守命回到良彥的寢室，拿著千圓鈔下樓，正要交給穗乃香又歪了歪頭。

「穗乃香姑娘要一個人去採買？」

這個時代應該沒有隨從。她並不是差使，為何如此盡心盡力？

「是我拜託良彥先生讓我幫忙……」

穗乃香的話雖然不多，卻可從隻字片語間感覺出明確的意志。

田道間守命為此略微感到震驚，張開了嘴巴。從前在境內看見穗乃香的時候，她是會這樣筆直凝視他人的少女嗎？

「那、那我也一起去吧！辦理的是我的差事，我總不能自己一個人偷閒。」

田道間守命連忙表達同行的意願。反正良彥不在家的時候，祂不能擅自用火，窩在家裡也沒事可做。

「可是……」

「正好可以轉換心情。走吧！」

田道間守命說著便走出玄關。穗乃香先是略微遲疑，最後還是點了點頭，隨後跟上。

「……我想良彥先生一定有他的想法。」

在一同前往附近超市的路上，穗乃香喃喃說道。

「所以，請祢再給他一點時間……」

六月下旬的天空，從雲層縫隙間隱約可望見藍天。時間剛進入梅雨季節，天氣多變，隨時可能下雨；在蘊含大量濕氣的空氣中，穗乃香帶著令人感到涼爽的清凜側臉說道：

「他不是那種會把差事扔下不管的人……」

田道間守命沒想到會從身旁少女口中聽見和黃金同樣的話語，不禁瞪大眼睛。祂並未懷疑差使，不過聽他們異口同聲地這麼說，足見良彥是個值得信賴的人。

「妳也很信任差使兄啊。」

田道間守命望著黃金的尾巴。黃金正踩著輕盈的步伐，前往名為超市的樂園；雖然嘴上諸多微詞，但這尊狐神其實也很喜歡良彥。

「妳和差使兄很熟嗎？」

聽了田道間守命的問題，穗乃香露出罕見的慌張神態，視線四處游移。

「……我不知道算不算熟……」

她把隨風飄揚的髮絲撥到耳後。

「我們今年冬天才剛認識……」

見她細聲說話的模樣，田道間守命隱約察覺到她所懷抱的淡淡情愫。

「良彥先生幫了我的朋友……」

「朋友？」

「祂叫泣澤女神……」

聽到這個名字，田道間守命發出恍然大悟的聲音。祂記得那是住在井底的神明。話說回來，那尊女神和這名天眼姑娘是朋友，祂倒是第一次聽說。

「而且，我也一樣受到他的幫助……」

穗乃香回憶當時，垂下眼睛說道。

當時被拉出水井的不只有泣澤女神。

對自責的穗乃香伸出援手，告訴她人類不是光靠美好的事物堆砌而成，並指點她該怎麼做的，就是良彥；告訴穗乃香只是蹲在原地不會有任何進展的，也是良彥。

她自己和泣澤女神一樣，都是因為良彥的幫助而得以拓展眼界。

「……我一直把這雙眼睛當成沉重的負擔……」

穗乃香喃喃說道，輕輕摸了摸自己的眼角。

「不過，現在我認為，如果這雙眼睛派得上用場，我想幫忙……」

看見穗乃香暗下決心的側臉，田道間守命的心頭突然波濤洶湧。

這和自己過去抱持的情感很相似。

「……妳是為了報恩嗎……？」

田道間守命的聲音有些嘶啞。

「我老是扯後腿……如果我真的幫得上忙就好了……」

穗乃香微微地嘆氣。看見她這副模樣，田道間守命似乎明白她為何會如此盡心盡力，以及為何協助良彥了。

這樣的她令人會心一笑，又令人憐愛，同時也喚醒祂的記憶。

「……我也是為了報恩。」

隨著胸口的鈍痛，田道間守命娓娓道來。

「我去找橘子，是為了報答大王的恩情。大王是我們一族的救命恩人，說句僭越點的話，他就像我們的家人一樣。」

聽了田道間守命的話，穗乃香抬起頭來。

當時的景色似乎從封印的記憶角落掉了些許出來，田道間守命忍不住苦笑。

「至今我仍會不時想起他替我送行、要我活著回來的光景。」

大王凝視著自己的溫柔眼眸，和他所說的溫暖話語都歷歷在目。

「可是，後來我花了十年才回到日本。」

「十年……」

穗乃香語重心長地複誦。

十年對人類而言似短非短。剛開始尋找非時香木實的頭幾個月，田道間守命滿心焦急，只想快點回去；但是光陰似箭、歲月如梭，不知不覺間，年復一年地過去了。

田道間守命凝視著因為不習慣做點心而傷痕累累地貼滿ＯＫ繃的掌心。當祂手握非時香木實、再度踏上日本土地時的那種喜悅，當真是難以言喻。然而，這股喜悅在祂的心裡已經連一點也不剩了。

現在依然占據祂心頭的，是悔恨？還是慚愧？

「穗乃香姑娘，有親朋好友陪在身旁是件很幸運的事。」

田道間守命望著遠方說道：

「因為，即使日後為了分離而後悔，逝去的時光也不會回來了——」

⛩

「……我要打開囉？」

良彥先外出購物的穗乃香他們一步，在中午前回到家中。想當然耳，大家問他去了哪裡，但良彥只是打馬虎眼，並未給予明確的回答；因為他認為如果回答，將會對接下來的事態發展產生不小的影響。其中只有黃金什麼也沒說，看來祂似乎心裡有數。

「良彥，快點打開吧。現在不管出現什麼，都不值得驚訝了。」

烤箱中飄蕩著熟悉的甘甜香味。剛才好不容易完成的奶油裡，加了昨天田道間守命製作的柳橙醬，只要烤箱裡的餅皮成功膨脹，這件差事幾乎算是大功告成。

今天是星期六，父親照常上班，妹妹去參加社團活動，母親則是在上完健身房以後和朋友聚餐，很難預測他們幾時會回來。最壞的情況下，就算被他們發現，只要聲稱良彥突然對甜點產生興趣即可。不過，良彥不想被妹妹嫌他「噁心」，更不願意被母親要求做出更多甜點，因此他還是希望能夠早點收工。

「餅皮的硬度也注意過了，應該沒問題……」

學會控制力道的田道間守命在胸前雙手交握地祈禱。在祂身旁，雖然還不算熟練卻已經能夠冷靜思考的穗乃香，面無表情地點了點頭。

通知烤好的鈴聲響起之後，良彥又把泡芙擱置一段時間，這是因為立刻打開烤箱，會讓好不容易膨脹起來的餅皮再度萎縮之故。良彥隔著玻璃窺探烤箱內部，確認餅皮仍然處於膨脹狀態，又一臉緊張地吸一口氣之後，才一口氣打開烤箱。加熱後的空氣和奶油香味撲鼻而來，在場眾人的視線都往烘焙紙上的餅皮集中。

「沒有萎縮！」

只見烤成焦黃色的六塊餅皮並未萎縮，在鐵板上呈現隆起的弧形。這不是仙貝，也不是餅乾，而是不折不扣的泡芙餅皮。

「……放涼以後，擠入奶油就完成了。」

穗乃香看著食譜，冷靜地唸出聲來。

「差使兄！差使兄！終於！我的泡芙終於完成了！」

感動不已的田道間守命抓著良彥道謝。

「幸好沒放棄！這下子我就能抬頭挺胸地以點心始祖自居，坐鎮在神社裡！我該怎麼答謝你才好呢？」

「這些話說得太早了！還沒完成咧！」

良彥把田道間守命逼近的鬍鬚臉推回去。的確，餅皮和奶油都完成了，但是還沒變為兩者組合而成的泡芙。

「再說，等完成以後，還得帶著泡芙去某個地方吧？」

「某個地方……？」

田道間守命茫然地反問，良彥則將事先準備好的保鮮盒遞給祂。只要塞些保冷劑，應該可以撐上一個小時。

「如果不做，祢一定又會後悔。」

這全是為了讓田道間守命藏在心底兩千年的感情昇華。

昨晚，良彥離家之後便去找孝太郎。他心想，既然田道間守命的神社位於大主神社境內，孝太郎應該很清楚由來才是。

果不其然，良彥從孝太郎口中得知田道間守命的故事。據說垂仁天皇命令祂帶回非時香木實，而祂花了十年才完成使命。

「不過，最後還是帶回來了吧？」

若非如此，祂豈能變成點心始祖，升格成神？

面對良彥的問題，孝太郎隔著授予所的窗口點了點頭。

「嗯，祂是帶回來了。這顆大有來頭的橘子也還留著，據說種植在平安京的『左近之櫻』、『右近之橘』（註11）就是起源於這個故事……」

十年或許很長，但是就良彥聽到的故事判斷，田道間守命確實完成祂的使命，那祂為何如此缺乏自信？如果祂是感到內疚，究竟是為了什麼而內疚？

「唉，雖然祂帶回橘子，但最後還是以悲劇收場。後人之所以興建神社，與其說是為了紀念這位帶著橘子歸來的英雄，倒不如說是為了撫慰祂的亡魂。」

聽孝太郎這麼說，良彥忍不住抬起頭來。

註11：意指種植在平安宮內宮紫宸殿前庭的櫻樹和橘樹。左近和右近是左、右近衛府的簡稱，在朝儀時分別於紫宸殿的東、西方列陣。櫻樹與橘子樹正好種植在兩府陣頭邊，因而得名。

「悲劇？」

這句話是什麼意思？

「你在跑來問我之前，先去看看《古事記》嘛……」

孝太郎啼笑皆非地說道：

「田道間守命帶回橘子不久之後，就因為哀慟過度而身亡。」

⛩

良彥拿著擠入柳橙奶油的泡芙，帶著田道間守命來到奈良縣的尼辻車站附近。走出車站步行一小段距離之後，便是一座被柵欄和溝渠圍起的大島。看在一般人眼裡，那只是一座尋常的島嶼；但若是從空中俯瞰，便可發現這座島嶼的南側是方形、北側是圓形，形狀正好像個鑰匙孔——這正是俗稱的「前方後圓墳」。

「古墳……？」

走在兩側種植松樹的小徑上，穗乃香一面仰望島上的茂密樹林，一面喃喃說道。

「這、這裡是……」

不久後，石階、玉垣彼端的石造鳥居以及拜所映入眼簾。對於時隔兩千年、完全變了樣的景色感到困惑的田道間守命，終於想起來了。

「不、不行，差使兄，這裡不是我該來的地方！」

田道間守命緊緊抱著裝了泡芙的保鮮盒，一臉害怕地後退。

「瞧祢這種反應，看來祢過世成神之後還沒來看過祂囉？」

良彥微微嘆一口氣，回頭望著田道間守命。

「如果祢真的不願意，我不會勉強祢。不過，再這樣下去，祢缺乏自信的態度和內疚感永遠不會消除。」

眼前這一座古墳是宮內廳管理的菅原伏見東陵，正是田道間守命口中的大王——垂仁天皇的墳墓。

從常世國帶回橘子之後，田道間守命在這座墳前嚎啕大哭，最後精疲力盡，一命嗚呼。

得知宛如父親一般、宛如祖父一般敬仰的大王，已經不在人世之後——

「我沒有資格來看大王！誇口說什麼為了大王，結果根本沒趕上，甚至連最後一面都沒見到……沒機會把橘子獻給大王。」

早在田道間守命從常世國歸來的一年前，垂仁天皇便過世了。

好不容易抵達皇宮，從王后口中得知這個消息時，田道間守命有些難以置信。祂深信臨行前叮囑自己務必活著歸來的那道聲音，和自幼便一直扶持自己的溫暖大手都在這裡。祂就是為了保護這些物事而回來的。

得知這個心願再也無法實現時的那股絕望，當真是筆墨難以形容。

自己在常世國度過的十年，究竟有何意義？

即使死後成為神明、受人奉祀，田道間守命心裡萌生的卻只有空虛。

早知如此，不如一直陪伴在大王身旁。

「那祢何必堅持做柳橙泡芙？」

良彥的臉頰感受著橫渡水面的暖風，靜靜地詢問。

「為什麼普通的泡芙不行，一定要柳橙泡芙才行？」

田道間守命無法回答，垂下了視線。

那一天，在衣櫃裡意外吃到泡芙時，初次嘗到的甘甜滋味和懷念的清爽香氣讓祂鎖在心底的情感再度抬起頭。當黃金勸祂製作點心以培養自信時，祂腦中第一個浮現的便是那種香味近似橘子的奶油。

如果成功了。

如果能用這雙手做出帶有橘子香的點心。

到時候——

「……那是玩笑話，只是我作的白日夢而已。雖然順利完成了，可是這種東西……」

裝在保鮮盒裡的泡芙，並不是店裡販售的那種精緻泡芙，餅皮雖然成功膨脹，口感卻硬邦邦的，奶油也有部分結塊。這只是祂的自我滿足而已。

「怎麼，朕又拿不到啦？」

聽見這道懷念的聲音，田道間守命頓時屏住呼吸、睜大眼睛。

「朕一直在等祢，誰知祢不只讓朕等了十年，還多等了兩千年。好大的膽子！」

田道間守命緩緩抬起頭來，見到站在視線前方的白髮老人，不禁顫抖著嘴唇開口。

「…………大王。」

祂喃喃說道，同時掉下淚來。

大王面帶笑容，容貌和別離的那一天一模一樣。

「怎麼會……為什麼……」

田道間守命不可置信地喃喃說道，大王啼笑皆非地回答：
「咱們都已經死了啊。死後顯靈也不足為奇吧？」
大王半開玩笑地說道，再度凝視著田道間守命。
「再說，朕還沒看到祢帶回來的東西呢。」
大王如此說道，並對良彥使了個眼色，良彥便推了田道間守命的背一把，讓祂和大王正面相對。
「這次要確實交到祂的手上喔。」
雖然形狀和當年未能獻給大王的橘子天差地遠。
但是其中蘊藏的心意一定更勝當年。
「可、可是……」
田道間守命遲疑地低下頭。穗乃香對著祂的背影輕聲說：
「沒問題的……」
透明的雙眸難得帶有些許笑意。
「沒問題的，這是我們費盡心力做出來的啊。」
「穗乃香姑娘……」

每次失敗，祂便和大家討論問題出在哪裡，並仔仔細細地記錄在良彥送給祂的筆記本裡。祂也曾因為不習慣而燙傷、被菜刀切到手指，和尋找非時香木實的十年相比，又是另一種截然不同的辛苦。

「大王……」

田道間守命戰戰兢兢地抬起頭來，只見大王對祂露出慈祥的微笑。

「讓朕看看祢帶來的橘子吧。」

大王說出本該在從前說出口的話語。

田道間守命用顫抖的手打開保鮮盒蓋，恭恭敬敬地拿出撒了糖霜的泡芙。

「……請享用。」

田道間守命跪下來，用雙手遞出泡芙；大王接過泡芙，一臉新奇地觀看。

「哦，這要怎麼吃？」

表層的糖霜已經融化，略微烤焦的餅皮也硬邦邦的，大王卻像捧著寶物一般，小心翼翼地觸碰泡芙。

宛若在觀看田道間守命蘊藏其中的真心。

「大口咬下去就行了，大口咬。」

良彥用手勢示範。見狀，大王驚訝地睜大眼睛，隨即又露出孩子氣的笑容，依照良彥所言，張大嘴巴、大口咬下。

「味、味道如何……？」

田道間守命一臉不安地詢問閉眼品嘗的大王。大王的嘴角沾上奶油，緩緩地吁了口氣後，睜開眼睛仰望天空。

「……多麼芬芳的香味啊，洗滌了我的身心。還有這入口即化的甜味……」

大王陶醉地說完這句話，連奶油也忘記擦掉，便又咬一口泡芙。

看在良彥眼裡，大王咀嚼的似乎不只是美味，就像田道間守命兩千年來都抑鬱寡歡一般，祂想必也一直在等待。

等待視如己出的男人來探望自己。

「還有嗎？」

大王轉眼間吃完泡芙，又窺探著發愣的田道間守命手中的保鮮盒。

「是、是，還有兩個……」

「好，都給朕吧！朕從未吃過如此美味的東西。」

大王笑容滿面地說道，又像對待小孩一般，用雙手捧著田道間守命困惑的雙頰。

「田道間守啊。」

祂望著田道間守命的眼睛。

猶如凝視著自己的孩子一般。

「祢終於回來了。」

相隔兩千年的慰勞比任何事物都更深入人心。

滲進了田道間守命停止的時光之中，化為鮮豔的色彩。

「……我……我來遲了……」

田道間守命顫抖著聲音如此說完，便再也忍耐不住地放聲大哭。

然而，這和祂當年在這裡哀嘆大王之死、痛哭流涕時的淚水不同。

而是十分溫暖的淚水。

开

「……兩千年……還真漫長啊……」

當天晚上，良彥望著田道間守命替他蓋好的橘葉狀朱印。由於今天起得早，他早早就準備就寢。

「不過，反過來想，這麼長一段時間裡，祂居然連一次也沒去看過大王，真不知道該說祂死腦筋……還是太過忠心……」

一想到今天見證了兩千年份的感情昇華，良彥便覺得神清氣爽。今晚應該能作個好夢吧。

「話說回來，良彥，這次你幾乎毫無建樹啊。」

坐在地板上整理毛皮的黃金用黃綠色的眼睛望著他。

「沒禮貌！我有做點心啊！」

「差使磨練做點心的手藝做什麼？」

「不、不只如此！難道祢不知道我今天幹嘛那麼早起嗎？」

躺在床上的良彥忍不住把攤開的宣之言書擱著，撐起身子大力主張。

「是我搭首班車去奈良拜託垂仁天皇出面的耶！」

聞言，黃金愕然地仰望良彥。

「你、你直接去找天皇！」

「咦？嗯，死馬當活馬醫嘛。」

難道他做了什麼不該做的事嗎？良彥回望著黃金瞪大的黃綠色眼睛說：

「我在拜所前喊了三十分鐘，祂就出來了。沒想到祂還挺豪爽的。」

那裡不是神社而是墳墓，所以良彥不確定垂仁天皇是否會回應自己的呼喚。不過，歷代天皇大多成為神社的祭神，如果是「神」，應該聽得見他的聲音，因此良彥便賭了一把。

如此這般，良彥搭著首班電車來到菅原伏見東陵，表明自己是差使，並懇切地說明田道間守命的現狀，請求垂仁天皇出面協助。

「天、天啊……你實在是太亂來了……」

黃金維持著抬起單腳整理毛皮的奇異姿勢愣在原地，顫抖著聲音喃喃說道。良彥自己也知道這個賭注有點魯莽，但是，當他思考該怎麼做才能真正達成田道間守命交辦的差事時，只想得出這個方法。

「祢想想，兩千年耶！」

良彥在床上盤起手臂說道。

在這段期間內，田道間守命一直心懷愧疚；即使死後成神、受到奉祀，祂的心依然在兩千年前徬徨。一想到田道間守命一直懷著瀕臨崩潰的心、無法得到片刻安寧，即使魯莽，良彥也必須這麼做。

「我付出的代價只有早起和直接上門陳情而已，很划算啊。再說，垂仁天皇也明白我的心意，所以出面了，不是嗎？」

「這個嘛……話是這麼說沒錯……」

聽良彥說得若無其事，黃金有些驚訝地凝視著他。

「哎，無論如何，這下子田道間守命就可以抬頭挺胸地當祂的點心始祖啦！」

良彥再度躺回床上。雖然他有點擔心改天田道間守命會不會又找上門來，說除了泡芙以外還想嘗試製作蛋糕或塔派，不過至少他短時間內可以高枕無憂。

「……對了，我剛才突然想到……」

良彥躺在床上轉過頭來，望著依然高舉單腳、若有所思的黃金。

「黃金，祢是不是變胖啦？」

聽到這句話，黃金回過神來，睜大了眼睛。

「你、你在胡說什麼！身為神明的我豈會發胖！」

「可是，以前祢的肚子和下巴有那麼圓嗎？雖然平時看不出來，可是一坐下就很明顯。」

良彥在床上拄著臉頰說道。黃金發胖的原因是什麼他心知肚明，祂那樣大吃大喝，會發福並不奇怪。

「良、良彥，你是不是因為太累，眼睛花了？」

黃金連忙挺直腰桿坐正，並且若無其事地辯解。

「不，是真的。神明要是胖子，不太妙吧？」

聽了良彥的話語，黃金嘴巴半張地愣住了。

看祂最近狂吃的模樣，不難料想到這種後果。原來神明也會發胖啊？真是個意外的發現，但這完全是祂自作自受。

「怎、怎麼可能！我可沒聽過神明因為接受獻饌而發胖！」

「那不是獻饌，是祢為了滿足口腹之欲而吃的甜點。再說，祢是直接享用。」

「這、這是毛！只是毛變多而已！」

「已經快到夏天了耶……」

「什、什麼話？不用擔心，我馬上就會恢復原狀！」

黃金顫抖著聲音如此說服自己。見祂這副模樣，良彥突然想起一件事，說道：

「啊，這麼一提，冰箱裡有穗乃香擠好奶油的泡芙。」

今天烤好的泡芙共有六個，田道間守命和穗乃香各分得三個，並擠好奶油。穗乃香把其中一個泡芙帶回去給泣澤女神，剩下兩個則留給良彥和黃金。當時她一臉靦腆地說：「下次我會自己做，而且做得更好吃。」並把泡芙遞給良彥。光是回想起這一幕，便有股甘甜的香味撲鼻而來。

「我本來想和祢各吃一個，既然祢要減肥，那還是算了。嗯，我會負起責任全部吃掉，祢可別偷吃啊！」

良彥叮囑過後，才道了聲晚安，關掉電燈。

在變暗的房裡，黃金望著遠方，好一陣子不見動靜。

田道間守命前去尋找橘子的「常世國」在哪裡？

「常世」一詞可用來指稱死後的世界，也可用來指稱大海的彼端或世外桃源，田道間守命前往的應該是意指後者的「大海彼端的國家」。一般認為，田道間守命的祖父是位於大陸的新羅國王族，和「大海彼端的國家」有關聯，因此他的孫子田道間守命才被賦予尋找橘子的任務。最後，田道間守命終究沒能親手將橘子獻給垂仁天皇，但是，現在祂的塚便在垂仁天皇長眠的菅原伏見東陵的護墳河中，隨侍在側地一同受人奉祀。

過去恭迎天照太御神來到伊勢的倭姬，
就是垂仁天皇的女兒。

夜話

在來自窗外的晚風吹拂之下，攤開的宣之言書啪啦啪啦地翻頁，書頁上的朱印和神名在心不在焉的黃金面前不斷變換，不久後便轉為空白頁面。良彥已經呼呼大睡，完全沒發現枕邊發生的事。他似乎真的很累，睡得比平時還要沉。

「瞧他睡得又香又甜……」

黃金喃喃地說完後嘆了口氣。

綠色的緒帶隨著運送夜晚氣息的微風輕輕飄動，在良彥的後頸和宣之言書之間劃出一道略微彎曲的弧形。幾個月前，良彥被指名為差使時，黃金很擔心他能否勝任，不過……

「……看來他還有點長進。」

和膝蓋受傷之後離職、過著頹喪生活的那陣子相比，他已經開始用自己的腳邁步前進。不知道是不是祖父的遺傳，他本來就有點濫好人的傾向，而且這種傾向最近更是越來越顯著，像是削去了多餘的部分之後本質隨之展露一般，如今甚至會說「我付出的代價只有早起和直接上門陳情而已，很划算」之類的話語。

「凡人真是有趣。」

黃金興味盎然地喃喃說道，搖了搖尾巴。

良彥面對神明時的態度和用字遣詞都不值得讚許，但是反過來看，這正代表他不帶一絲虛偽，個性明淨正直。或許對他而言，擔任差使只是繼承祖父的志業，但是差使這個身分確實改變了他。

入侵的風把窗簾吹得高高鼓起，同時也告知夏天即將來臨的消息。濕氣、熱氣，還有以陽光為糧食成長的植物們悄然的呼吸——這些流轉的季節氣息，突然喚醒了苦澀的記憶，黃金不禁豎起耳朵。

「……對了，那件事也是發生在這個季節。」

黃金隔著因風鼓起的蕾絲窗簾仰望夜空。

那名青年應該是有史以來頭一個也是最後一個，被指名為差使卻堅持拒絕到底的人吧。

「因果循環，真是不可思議啊。」

如果當時那名青年接受了，差使這份工作就輪不到良彥，而黃金也不會像現在這樣望著良彥的睡臉。

黃金暫時委身於五味雜陳的晚風之中。

現在的日本，建立在神與凡人編織的歷史之上。

然而另一方面，卻也有些凡人的情感埋沒於歷史之中。

對於凡人而言，神是蠻不講理的。

既然如此，遭凡人怨懟憎恨，或許也是神的職責之一吧——

後記

對朋友說「那間神社的神職人員穿的亮藍綠色袴的色調和其他神社的不太一樣」，結果讓朋友露出了奇妙表情的淺葉，在此向大家問好。感謝大家拿起良彥和他的逗趣夥伴們的第三本故事。能夠順利將第三集送到各位讀者手上，我感到非常開心。

第一、二集發售之後，我從各方收到不少感想，大家都說「請把那隻毛茸茸的狐神派到我家」。其實我才想要一尊呢！這回的目錄頁上有くろのくろ老師新畫的毛茸茸先生，請大家想像一下當我看到那張圖的草稿時有多麼興奮吧。

好，這次也來聊聊本作的花絮。

首先是第一尊的天棚機姬神。在故事中，祂說祂有養蠶，其實《古語拾遺》裡只記載祂「織的布很柔軟」，並未提及是不是絹布；不過，至今伊勢神宮的神衣祭仍在織絹布是事實。日本的養蠶業逐漸衰退，明治時代以後，歷代的皇后陛下也會親自養蠶，獲取的絹絲對於修復正倉院收藏的寶物很有助益。

至於第二尊的稻本先生，我寫得相當順手。這是我擬定《諸神的差使》企畫時就想寫的故事之一。單人角力神事一年共舉辦兩次，分別是御田植祭及拔穗祭，希望大家有機會能去看看稻子精靈與「一力山」魄力十足的相撲。

另外在這個章節裡，我和責編在某件事情上出現了意見分歧的狀況，就是：「小學生穿制服嗎？」（笑）。聽見四國出身的我主張：「雖然我讀的學校是穿便服，但是有很多小學穿制服啊～」身為土生土長關東人的責編，竟露出訝異的表情。後來查過資料才知道，原來四國的小學規定學生穿制服上學的比率超過七成，關東卻只有一成，難怪我們的看法不同，沒想到會在這種小地方看見地方的特色啊。順道一提，東北地方穿體育服上學的比率比穿制服還高（資料取自ＫＡＮＫＯ網站）。

而第三尊的高靇神，責編一直搞不清楚該怎麼唸地說：「Takao……Takaokano……呃……Takaoka……」正確唸法是「Takaokaminokami」。順道一提，在寫稿的時候，高靇神的「靇」字全都糊成一團，根本看不清楚；而且拿到校正稿的時候，還變成「高？神」，活像填字遊戲。此外，故事中雖然有半夜入侵奧宮的橋段，但現實中保全人員應該會立刻趕來，也有神職人員巡邏，是無法輕易入侵的。這畢竟只是虛構的故事，還請各位讀者多多包涵。

第四尊的田道間守命，祂可說是我的救世主。其實原先這一章寫的是完全不同的神明，但是臨時決定換角。就在我從頭構思故事時，點心之神降臨了（童話語調）。故事中三個人（一人二神）一起開心喝下午茶的水果塔專賣店真的存在，我去的時候得等三個小時才能輪到我點餐，只好絕望地打道回府。下次再重新挑戰吧……（得選在平日去）。

以下是謝詞。

每次都讓我覺得是插畫灌注了《諸神的差使》生命力的くろのくろ老師，感謝您這次也畫出纖細又美麗的插畫！我想，最期待插畫的人應該是我自己吧（笑）！

再來是每次都提供感想給我的家人和親戚，以及敬愛的祖先，我要向你們獻上不變的愛與感謝。謝謝你們經常提供美味的救援物資。還有親愛的「Unluckys」，我又要寄書過去了，請別把書拿來墊鍋子，放在書架上的一角就好。

這次也一樣百般關照我的兩位責編，對不起，我實在太任性了，居然在最後關頭要求完全刪除最後一章再重寫……還有，我不該針對水果塔高談闊論，對不起……因為居然要等三個小時（以下省略）。今後我也會借助專業編輯的力量繼續精進，請多多關照！

最後，但願神明的聲音也能傳到拿起這本書的您身邊。

我們後會有期，第四集再見！

二〇一四年　九月吉日　沐浴在取材神社的蟬鳴聲之中　淺葉なつ

參考文獻

《白話古事記 天皇的故事》　竹田恒泰著（學研出版）

《續 神社入門》　監修・神社本廳（扶桑社）

《神道文化叢書 續神道百言》　岡田米夫著（一般財團法人神道文化協會）

《神話的核心》　監修・神社本廳（扶桑社）

《日本史故事（上）》　平泉澄著（講談社）

「神明講座」參考的網站

貴船神社官方ＦＢ

京都新聞官方網站

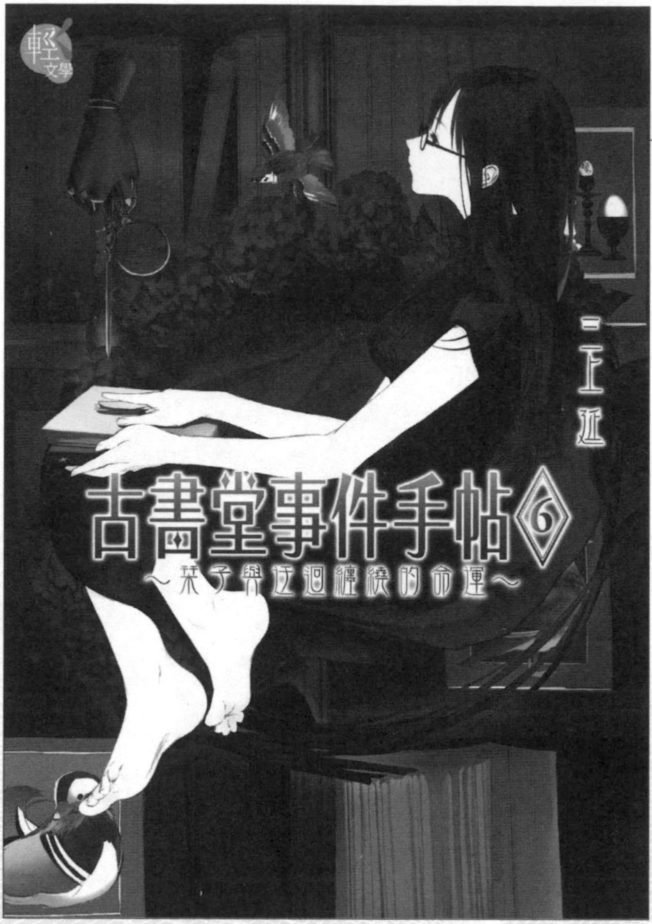

超越時空的因緣，深掘出意料不到的事實，
真正的幕後黑手竟是——

古書堂事件手帖　1~6

三上延／著　　黃薇嬪／譯

據說田中嘉雄真正持有的舊書，是比太宰治《晚年》的初版書還更珍貴、稀有，有著太宰親筆加註的另一本《晚年》。田中敏雄這次以委託人的身分，請求栞子和大輔找到這本書——接受委託的兩人循著線索意外得知驚人的事實，四十七年前發生的《越級申訴》竊書案，竟和他們的祖父母有著深遠的關係……

定價：各 NT$220~280/HK$60~85

和菓子的溫暖滋味，
牽起人們的羈絆，帶來一場場奇妙的事件。

期待您大駕光臨 老街和菓子店 栗丸堂 1

似鳥航一／著　林冠汾／譯

座落於淺草老街一隅的「栗丸堂」，是一間歷史悠久的和菓子老店。第四代的老闆栗田仁，雖然犀利的目光令人望而生畏，卻是個手藝精湛的和菓子師傅。然而，他自過世的雙親手上接下店舖後，店內生意一落千丈。擔心栗田的友人，為他介紹一位充滿謎團的「和菓子千金」──葵。與葵的邂逅，大大改變了栗田⋯⋯

定價：NT$240/HK$75

國家圖書館出版品預行編目資料

諸神的差使 / 淺葉なつ作 ; 王靜怡譯 . -- 初版 .
-- 臺北市 : 臺灣角川 , 2015.02-
冊 ;　公分 . --（角川輕 . 文學）

譯自 : 神様の御用人
ISBN 978-986-366-370-6（第 1 冊 : 平裝）. --
ISBN 978-986-366-431-4（第 2 冊 : 平裝）. --
ISBN 978-986-366-581-6（第 3 冊 : 平裝）

861.57　　　　103026767

諸神的差使 3

原著名＊神様の御用人 3

作　　者＊淺葉なつ
插　　畫＊くろのくろ
譯　　者＊王靜怡

2015 年 7 月 25 日　初版第 1 刷發行

發 行 人＊加藤寬之
總 編 輯＊呂慧君
主　　編＊李維莉
文字編輯＊溫佩蓉
資深設計指導＊黃珮君
設計指導＊許景舜
美術設計＊陳晞叡
印　　務＊李明修（主任）、張加恩、黎宇凡、張則蝶

發 行 所＊台灣角川股份有限公司
地　　址＊105 台北市光復北路 11 巷 44 號 5 樓
電　　話＊（02）2747-2433
傳　　真＊（02）2747-2558
網　　址＊http://www.kadokawa.com.tw
劃撥帳戶＊台灣角川股份有限公司
劃撥帳號＊ 19487412
製　　版＊尚騰印刷事業有限公司
I S B N＊978-986-366-581-6

香港代理
香港角川有限公司
地　　址＊香港新界葵涌興芳路 223 號新都會廣場第 2 座 17 樓 1701-02A 室
電　　話＊（852）3653-2888

法律顧問＊寰瀛法律事務所